왜 마음은 아플수록
말이 없어질까

왜 마음은 아플수록
말이 없어질까

박규명 지음

좋은땅

인생이라는 긴 열차에서

내 옆자리에 기꺼이 앉아 준

고마운 너를 생각하며

마음의 병을 떠올릴 때마다 내게는 두 개의 장면이 떠오른다.

첫 번째는 내가 의대 예과 2학년이었을 때, 정신과 병동 실습을 돌던 어느 오후였다.

우리는 단순히 "환자의 말벗이 되어라."라는 지시를 받고 병동을 드나들었는데, 사실 그 말은 의료적 기술이 전혀 없는 학생들에게 '최소한 방해되지 말라.'는 의미였는지도 모른다. 그럼에도 우리는 어떻게든 환자들에게 다가가려고 애썼고, 나 역시 그러다 우연히 그를 만났다.

"하늘에서만 오는 기(氣)가 있어요. 그게 저한테만 들려요. 전, 그걸 받아 세상의 악과 싸우는 사람이에요."

그 환자의 눈빛은 확신에 가득 차 있었다. 그 말을 들은 나는 실습을 마치고 병동을 나와 친구에게 말했다.

"근데 말이야…. 혹시 그 사람 말이 맞을 수도 있는 거 아냐? 우리 눈에는 '망상'처럼 보이지만, 그 사람만 느낄 수 있는 진짜 신호가 어딘가에 있는 거면 어떡하지?"

내 말을 들은 친구는 얼굴을 찡그리며 한숨을 쉬었다.

"넌 정신과 하면 안 되겠다."

두 번째 장면은 그보다 훨씬 더 어린 시절, 초등학교 6학년 때였다. 나는 그때 한 편의 시를 썼는데, 그 시는 다음과 같다.

"미친 사람은 행복하다. 남들이 뭐래도 그는 웃을 수 있으니까. 그래도 그는 행복하다. 그의 세계에선 그가 왕이니까."

나의 시를 읽은 당시 고등학생이던 누나는 아무 말도 하지 않았다. 그저 나를 묘하게 안쓰러운 눈빛으로 바라볼 뿐이었다. 이상하게도 나는 그 눈빛을 아직도 잊지 못한다. 시를 썼던 그 순간보다도, 누나의 그 눈빛이 더 오래 남았다.

나는 왜 그런 시를 썼을까. IMF로 집안이 무너졌기 때문일까. "우리 가족이 길바닥에 나앉게 될 수도 있다."라는 아버지의 거친 말 때문이었을까.

솔직히 지금도 알 수 없다. 하지만 한 가지는 분명하다. 그 시를 쓰던 나는 진심으로 이렇게 믿었다.

'그들은, 오히려 행복한지도 모른다. 우리가 우리의 기준으로 그들을 판단할 순 없다.'

그로부터 이십 년이 훌쩍 넘은 지금, 나는 정신건강의학과 전문의가 되어 있다. 하지만 여전히 그때와 같은 의문을 품는다.

'혹시 그 사람이 맞았을 수도 있지 않을까. 더 정확히는, 내가 틀렸을 수도 있지 않을까.'

그래서 나는 진단명을 붙이기 전에 먼저 그 사람의 세계를 보려고 한다.

그의 말이 허구가 아니라, 자신을 지키기 위해 만들어 낸 '생존의 서사'일 수 있기 때문이다.

F. 스콧 피츠제럴드의 『위대한 개츠비』는 이렇게 시작한다.

"누구든 남을 비판하고 싶을 때면 언제나 이 점을 명심하여라. 이 세상 사람이 다 너처럼 유리한 입장에 놓여 있지는 않다는 것을 말이다."[1]

나는 이 문장을 좋아한다. 내가 만나 온 대부분의 사람들은 유리하지 않은 삶을 살고 있었고, 솔직히 나 역시 마찬가지였기 때문이다.

학교에 가지 않는 아이.

인터넷 속에 갇힌 청년.

금지된 사랑에 빠진 연인.

그들 모두 말하지 못한 사정이 있었다. 학대의 기억, 실패의 굴레, 위로받지 못한 유년기… 그 누구도 대신 말해 줄 수 없는

---

1) F. 스콧 피츠제럴드, 『위대한 개츠비』, 김욱동 옮김, 민음사, 2012.

그들만의 사정 말이다.

　나는 그 사정을 듣고 싶었다. 그리고 믿는다.

　오직 자신만 알고 있는 그 마음을 누군가와 나눌 수 있을 때,
그 순간부터 치료는 시작된다는 것을.

　그래서 나는 이 책을 쓰기 시작했다.

차례

프롤로그 • 7

1장 악마가 되지 않기 위해 • 12

2장 연기를 마주한 아이 • 60

3장 버티는 법에서 살아가는 법으로 • 110

4장 작은 숨, 작은 시작 • 164

1장

악마가 되지 않기 위해

P는 마치 영화 속에서 막 걸어 나온 듯한 30대 남성이었다.

흰 피부는 형광등 불빛을 받아 더 창백해 보였고, 날카로운 콧날과 뚜렷한 턱선은 쉽게 다가가기 어려운 기운을 풍겼다. 그가 문을 열고 들어선 순간, 진료실 안의 공기가 미묘하게 바뀌었다.

나는 그에게 시선을 빼앗겼다. 그런 나를 바라보는 그의 표정은 이렇게 말하는 것 같았다.

'문제가 있습니까?'

그 눈빛은 분명히 말하고 있었다.

'나는 당신을 귀찮게 하지 않을 거예요. 나는 내가 원하는 약을 받고, 비용을 지불한 뒤 나갈 겁니다.'

그는 자신의 이야기를 하고 싶어 하지 않았다. 어쩌면, 할 필요가 없다고 느꼈을지도 모른다.

그가 원한 건 수면제 몇 알과 항불안제, 그리고 무엇보다 '자신을 평가하지 않는 시선'이었던 것 같다. 하지만 나로서도, 아무런 정보 없이 약을 처방할 수는 없는 노릇이었다.

나는 조심스레 말했다.

"P님께 수면제나 안정제가 꼭 필요할 수도 있습니다. 하지만 그럴 수도, 아닐 수도 있거든요. 그러니 우리가 이런저런 이야기를 나눠 보면 좋겠어요. 어떠세요?"

그는 잠시 침묵하더니,

"그냥 잠을 못 자요. 좀 불안하기도 하고요."

하고 대답했다.

나는 생활 패턴이나 일에 대해 물었지만, 그는 말을 아꼈다. 이윽고 그가 한 말은 단지 수면제 요구였다.

"졸피뎀(수면제의 일종)이 필요해요."

나는 다시 말했다.

"죄송하지만, 정확한 평가 없이 약을 드릴 수는 없습니다. 좋은 약이지만, 여러 부작용도 함께 있는 약이라서요. 말씀하기 어려우시면 '그저 말하기 어렵다.'고만 말씀해 주셔도 괜찮습니다. 그 이유에 대해 이야기하는 것도 의미가 있을 테니까요."

　나는 그의 외모만큼이나 긴 사연이 있을 것 같아 그의 이야기를 듣는 것이 조금 망설여졌다. 하지만—아마도 그의 용기였을까, 아니면 약이 꼭 필요하다는 간절함 때문이었을까—그는 마침내 자신의 이야기를 꺼내기 시작했다.

• • •

　그는 유흥업소에서 일하고 있었고, 밤새 일을 하다 보니 수면에 어려움을 겪고 있다고 했다. 술을 마시지 않으면 잠이 오지 않게 되었고, 건강도 점점 나빠진다고 했다. 주변의 많은 동료들이 이미 수면제나 안정제를 처방받아 복용 중이었고, 그역시 몇 년간 그런 약들에 의존해 왔다고 했다. 지금은 일하는 가게를 옮겼고, 새 동네에서 약을 계속 처방받기 위해 병원을 찾았다는 것이었다. 그의 말은 일관됐고, 진정성이 느껴졌다. 그는, 어떠한 관계에서도 필요한 만큼의 진실을 표현할 줄 아는 사람이었다. 그러나 동시에 그는 우울했고, 불면에 시달렸으며, 자신의 미래를 생각할 때마다 극심한 불안을 느끼는 사람이었다.

나는 마음속으로 생각했다.

'수면제만으로는 이 사람을 도와줄 수 없을 것이다. 하지만 수면제조차 주지 않는다면, 이 사람은 다시 어디로도 가지 않을 것이다.'

나는 말했다.

"그런 일이 있으셨군요. 이제 왜 수면제가 필요하신지 알 것 같아요. 오늘은 우선 약을 드릴게요. 대신, 부탁 하나만 드려도 될까요? 앞으로 어떤 말씀이든 원하시는 말씀을 해 주셨으면 좋겠어요. 조금이라도요. 저 역시 그냥 약만 드릴 수는 없으니까요."

그는 입꼬리를 약간 올리며, 짧게 "네."라고 말했다.

알 수 없는 미소였다. 나는 그가 언제 마음을 열지는 몰랐지만, 그의 속도에 맞춰 가야 한다는 것만은 분명했다. 어차피 치료는, 내가 하는 게 아니라 그의 내부에서 일어나는 일이니까.

P는 항상 캡모자를 쓰고 왔다. 나중에 알게 된 사실이지만, 그 모자는 꽤 값비싼 브랜드였다. 그는 청바지와 흰 티셔츠처럼 평범한 옷을 입었지만, 그 단순함은 오히려 그를 더 빛나게 했다. 그는 점차 자신의 이야기를 조금씩 털어놓기 시작했다. 대부분은 사소하게 들릴 법한 이야기들이었다. 그에겐 여자친구라고 부르는 사람이 있었고, 그 여성은 손님으로 만났으

나 연인으로 발전한 관계였다고 한다. 또 어떤 날은 자신이 일하는 유흥업소에서 외모가 부족한 선수(그가 자신의 동료들을 지칭하는 말)가 초이스를 받기 위해 웃통을 벗고 기괴한 노래를 불러 분위기를 망쳤다며 분노하기도 했다. 한 사람이 그렇게 하면, 다른 선수들도 모두 따라야 하기 때문에 자신의 일이 더 고돼진다는 것이다. 듣다 보면 나도 모르게 고개가 끄덕여졌다. 그의 세계도, 그만의 고충이 분명히 있었다. 그가 자신의 삶을 이야기할 때마다 나는 진심으로 귀를 기울이려 했다. 그러나 동시에, 그의 세계를 구경하는 태도는 되지 않도록 조심하기도 했다. 가끔 그는 자신의 호화로운 생활이나, 받았던 값비싼 선물에 대해 말하며 나의 호기심을 자극하곤 했지만 나는 그 부분은 묻지 않았다. 그가 나를 시험하고 있다고 느꼈기 때문이기도 하고, 무엇보다 그러한 질문들은 치료에 도움이 되지 않을 것을 알고 있었기 때문이다.

그리고 어느 날,

그는 전혀 예상치 못한 순간에 자신의 어린 시절을 이야기하기 시작했다.

내가 놀란 건, 그가 심층면담을 하고 싶어 할 거라 예상하지 않았기 때문만은 아니었다. 그는 자신을 감추는 데 능한 사람이었고, 그 갑작스러운 정직함이 오히려 나를 당황하게 만들었던 것이다. 그날은 5월이었다.

밖에는 가족과 함께 웃는 아이들이 가득했고, 완연한 봄기운이 그의 방을 더욱 쓸쓸하게 만들었을지 모른다. 그래서였을까.

그는, 그날 처음으로 자신의 이야기를 꺼냈다.

· · ·

P가 한 살 때 P의 부모가 이혼했다고 한다. 아니, 이혼했다고 들었다고 했다. 그는 이후 고모 집과 친할머니 집을 전전하며 지냈지만, 그 시기의 기억은 거의 없다고 했다.

그의 첫 기억은 '실수'로 시작된다. 대변을 참지 못한 일이었고, 그는 여섯 살이 되도록 화장실에서 용변을 보지 못했다고 했다. 그의 조모는 거실 바닥에 신문지를 깔아 두었고, 그 위에서 용변을 보게 했단다. 그는 그 기억을 이야기하며 "엄청 부끄러웠어요."라고 말했다. 또 하나 기억나는 장면은 여섯, 일곱 살 무렵이었다. 조모가 식용유를 사 오라며 그에게 삼천 원을 쥐여 줬다. 그런데 이상하게도, 집에 돌아와 보니 그의 손에는 장난감 로봇이 들려 있었다.

"속일 생각은 없었어요. 그냥… 문방구 앞에 섰는데, 제가 그걸 들고 있더라고요."

조모는 말도 들어 보지 않고 그의 따귀를 때렸고, 머리채를 잡고 문방구까지 끌고 갔다.

그는 그 순간을 이렇게 기억했다.

"아픈 것보다, 중심 잡기가 너무 힘들었어요. 자꾸 넘어질 것 같아서요."

초등학교에 들어가면서부터는 아버지와 함께 살게 되었다. 아버지는 타일 시공 일을 하며 전국을 돌아다녔고, 그래서 실제 생활은 조모와 함께하는 날이 더 많았다.

그는 비 오는 날을 좋아했다. 그날엔 아버지가 집에 있었기 때문이다. 그는 아버지가 집에 있는 날엔 조모가 자신에게 더 잘해 줬다고 느꼈다고 했다. 그래서 좋았다고. 하지만 뒤에 이어질 면담에서 밝혀지겠지만, 그는 결국 아버지가 자신에게 꽤나 가혹했던 순간들을 기억해 낸다. 그럼에도 이 시점에 그는 '아버지는 나를 보호해 주던 존재였다.'고 믿고 있었다.

그의 학업 성적은 좋지 못했고, 가정형편도 넉넉하지 않았지만, 초등학교 고학년 무렵부터는 친구가 많아졌다고 했다. 그는 소위 '잘나가는 무리'에 끼게 되었는데, 조모는 이를 두고

"지 애미 닮아서 그레 — 하얗고 밀건 피부에, 찢어진 눈매 봐라."라고 말했다고 한다.

중학교 시절에 대해서는 많은 말을 하진 않았지만, 친구들과 어울리며 꽤 재미있게 지냈다고 했다. 문진 과정에서 알게 된 사실인데, 그는 이 시기부터 음주와 흡연을 시작했다. 아마도, 일탈과 소속감이 동시에 작동하던 시기였을 것이다. 고등학교를 졸업한 그는 곧장 군대에 입대했고, 제대와 동시에 '게이바'에서 웨이터 일을 시작했다.

"그냥, 친구가 먼저 하고 있었어요. 그쪽이 시급도 세고, 팁도 잘 나오니까요."

그가 그렇게 말했을 때, 나는 어떤 판단도 하지 않으려 했다. 그는 그저, 자신이 살아남기 위해 선택한 환경을 설명하고 있었을 뿐이었으니까.

◆━━━━━━━━●   스크립트 시작   ●━━━━━━━━◆

P : 그때는 웨이터 시작한 지 얼마 인 됐을 때였어요. 원래는 집에서 계속 지냈는데… 아시잖아요. 그 집이… 좀 그렇잖아요. 숨 막히고. 할머니는 할머니대로, 아버지는 아버지대로…

아무튼 그때 같이 일하던 형이 자취방에 방 하나 비어 있다고 해서, 그냥 나오게 됐어요. 뭐 대단한 계기는 아니고, 그냥… 빨리 나가고 싶었어요.

그때 처음으로 돈이 생겼거든요. 일 끝나고 나서, 용돈 같은 거 안 주셔도 된다고 말할 수 있게 되니까 기분이 좀 이상하더라고요. 그래서… 그 돈으로 할머니한테는 금반지 하나 사 드렸고, 아버지한테는 전동면도기요. 그거… 백화점에서 산 건 아니었고, 그냥 마트에서 산 거긴 한데. (잠깐 웃으며) 근데, 두 분이 그걸 받고… 진짜 웃으셨어요. 아니, 활짝 웃으셨다고 해야 하나? 아버지는 "야 이거 비쌌겠다." 하면서 웃었고, 할머니는… 진짜 오랜만에 나한테 "잘했다."고 하셨어요. 그 말 들은 게 처음이었던 것 같아요.

치료자 : 그 장면이 지금도 기억날 만큼 선명한 걸 보면, 그때 느꼈던 감정도 꽤 깊었을 것 같아요.

P : 음… 감정이요…? (잠시 눈을 피하며 웃는다.)

그냥… 좀 이상했어요. 좋긴 좋았거든요. 근데… 기분이 좋으면 그냥 좋은 거여야 하잖아요. 근데 그게 아니라, 막… 뭔가를 해냈다는 느낌도 아니고, '결국 이거였나?' 싶은 그런 기분이었어요. 지금 생각해 보면 그때 처음 느꼈던 것 같아요. 아, 내가 뭘 줘야… 좋아하는구나…. 그 전엔 뭐… 아무리 잘해도 그런 표정 한 번 못 봤으니까요. (조용히 웃으며 고개를 끄덕인다.)

그래도요, 그날은… 진짜, 나도 좋았어요.

치료자 : 이상하면서도 좋긴 좋았다는 말이 이해가 돼요. 사실… 내가 누군가에게 필요한 존재가 되고 싶다는 마음은 가장 인간적인 바람이잖아요. 더군다나 아버지와 할머니에게 그 느낌을 받은 것이니까요.

P : 그런 것 같아요…. (잠깐 웃고, 눈을 아래로 떨군다.) 사실… 웨이터 일하면서 자존심 상하는 일 많았어요. 특히 담배 심부름 같은 거. 나이 많은 손님들, 딱딱한 말투로 "야, 이거 좀 사 와." 하면 속으론 진짜 열불 나고, '내가 이걸 왜 하지?' 싶었거든요. (숨을 한 번 내쉰다.)

근데, 그날 이후로는 좀 달라졌어요. 그냥 담배 하나 사다 줬는데 5만 원 팁을 딱 주는 거예요. 그 돈으로… 내가 뭘 잘했다는 표정을, 그때 처음 봤거든요.

그 뒤로는요… 그냥, 돈만 벌 수 있으면 뭐든 괜찮은 거 같았

어요. 담배 심부름이든 뭐든. 이상하게 돈이 벌리니까 자존심은 문제가 되지 않더라고요. (멋쩍은 웃음)

치료자 : 그건 단순히 돈의 문제는 아니었을 것 같아요. 오히려… 내가 의미 있는 존재라는 걸 증명할 수 있는 방식이었을 수도 있었던 거잖아요.

P : (잠시 말이 없다. 고개를 숙이고 손가락을 꼼지락거린다.) 그런 생각… 한 번도 안 해 봤어요. (조용히 웃는다.) 근데, 맞는 말인 것 같아요. 그냥 돈이 좋았던 건 아니었거든요. 그걸로 뭔가 증명되는 느낌? 예를 들면… '아, 나도 괜찮은 사람이구나.' 그런 거요. 사실 그때 그 사람들이 진짜로 어땠는지는 모르겠어요. 그런데, 적어도 내가 뭘 줬을 때만큼은 그 표정이 나오더라고요. 그냥, 그게… 내가 받은 방식이었던 거죠.

✦━━━●━━━ 스크립트 끝 ━━━●━━━✦

나는 이 면담을 통해, 그가 왜—아마도 더 많은 수익이 보장되었고, 사회적 시선으로는 더 비난받을 수 있는—호스트바에서 일하게 되었는지를 어렴풋이 짐작할 수 있었다.

그는 그저 돈이 필요했던 것이고, 돈은 그에게 사람 구실을 가능하게 해 주는 수단이었을 것이다.

다시 말하지만 나는 그를 도덕적으로 옹호하려 하지도, 또 반대로 비난하려 들지도 않았다. 그것은 내가 그를 충분히 이해해서라기보다는, 오히려 그의 자리에 서 본 적이 없기 때문이었다. 나는 그가 지나온 삶의 조건들을 온전히 알 수 없었고, 그렇기에 평가할 자격도 없었다.

'정신과 전문의'라는 직함은, 내 앞에 용기 내어 자신을 드러낸 한 사람을 판단할 권한까지 포함하고 있지 않기 때문이다.

어쩌면 그는 이후 누군가를 착취하거나, 타인에게 상처를 주는 삶을 살아왔을 수도 있었다. 그 일이 병리적으로 해석되어야 할 만큼 어두운 일일 수도 있다.

그러나 내가 그 병리를 치료하는 방식은 단죄가 아니라, 그가 그럴 수밖에 없었던 삶의 방식을 이해하는 일이어야 한다고 나는 믿는다. 그래서 나는 그때도, 그 이후에도 그를 판단하지 않았다. 나는 그저, 그의 이야기를 따라가고 싶었다.

그와의 면담에서 다른 환자들과 뚜렷이 구별되던 점은, 그가 처음부터 자신이 병원에 온 목적—즉 불면과 불안, 그리고 그 이면에 자리한 우울과 공허—에 대해 거의 이야기하지 않았다는 것이다. 오히려 그는 자신의 삶의 양식과 가치관에 대해 길게 말했고, 면담 시간 대부분이 그러한 이야기들로 채워졌다. 나는 그가 증상에 대한 이야기를 의도적으로 피하고 있는 것 같았다.

이야기를 진행하기에 앞서 그 이유를 추측해 보자면, 만약 그가 나에게 증상이 나아졌다고 말한다면, 그는 더 이상 병원에 올 명분을 잃게 된다. 반대로 증상이 전혀 나아지지 않았다고 한다면, 이번에는 그쪽에서 더는 나의 진료실을 찾을 이유를 느끼지 못할지도 모른다.

이런 이중의 위험을 피하기 위해, 그는 증상에 대해 침묵했을 것이다. 하지만 동시에, 그는 자신의 이야기를 누군가에게 들려주고 싶어 했고, 나는 그것이 불면이나 불안이라는 증상보다 더 본질적인 문제일 수 있다고 판단했다. 그래서 나는 그의 말을 자르지 않고, 증상을 묻기보다는 그의 삶을 따라가 보기로 했다.

· · ·

그의 가족관계, 특히 여성에 대한 인식은 매우 왜곡되어 있었는데, 그는 "세상의 모든 여성은 결국 이기적이다.", "모성애

란 허구이며, 가족이라는 공동체 안에 존재하는 무조건적인 사랑은 환상에 불과하다."고 단언하곤 했다. 그가 그렇게 믿어야만 했던 사연은 차츰 드러나기 시작했는데, 다음 면담에서 그의 가치관은 더욱 선명하게 표면 위로 떠오른다.

◆━━━━━━◆ 스크립트 시작 ◆━━━━━━◆

P : 아, 며칠 전에 좀 웃긴 일이 있었어요. 그날은 실장 형이 좀 일찍 출근하라 해서 준비하고 있었거든요? 근데 알고 보니까… 초등학교 5학년 학부모 모임이래요. 그 엄마들이요, 다 젊어요. 예쁘기도 하고….

(잠시 말 멈추고, 코웃음 치듯 말함) 근데 그 사람들이… 거기서 애들 학원 이야기 하고 있는 거예요. "우리 애는 수학은 잘하는데 영어가 약해." 이러고, "이번에 어디 보냈더니 성적이 좀 오르더라." 이런 얘기를… 호스트바에서요.

(고개를 천천히 저으며, 한숨 섞인 목소리로) 진짜, 좀… 말세다 싶었어요. 여기서 그런 얘기를 왜 해요? 솔직히 농담처럼 학부모 모임을 호스트바에서 한다는 이야기는 들어 봤어요. 근데, 실제로 그걸 보니까 참 말이 안 나오더라고요. 우스갯소

리로 '여자는 해 떨어지면 모두 동갑'이라는 말이 있거든요. 그래도 그날은 좀 당황스러웠어요.

(조금 낮은 목소리로, 진지하게) 저 남편들은 자기 마누라가 어디서 무슨 짓 하는지 알까요? 진짜 모를까요? 아니면 그냥 모른 척하는 걸까요?

(잠시 말 멈췄다가, 조용히 웃으며) 그러면서 또 "애들이 공부를 잘해야지." 이러고 있어요. 거기 앉아서 술 마시고, 남자랑 부비고⋯ 그날따라, 애들이 불쌍하더라고요. 그런 엄마 밑에서 뭐가 제대로 되겠어요. 다들 그래요. 밖에선 애 키우는 엄마인 척, 안에선 뭐⋯ 그냥 다 똑같아요. 다들 외롭고, 다들 자기 살려고 사는 거고.

(고개를 푹 숙이며, 목소리가 조금 낮아짐) 어릴 땐 저도 믿었거든요. 엄마가 없어서 그런 건 줄 알았어요. 있었으면 뭔가 달랐겠지, 막연히⋯ (잠깐 멈추고, 침묵) 근데, 그런 걸 보고 있으면⋯ 차라리 없었던 게 나았던 것 같기도 해요.

치료자 : 그 장소에서 그런 이야기를 하는 걸 들었다면 충분히 당황스러우셨을 것 같아요. 그런데, 차라리 없었던 게 나았던 것 같다는 말이, 제 마음에 무겁게 다가오거든요. 혹시 엄마와의 기억에서 P님을 힘들게 했던 게 있던 거예요?

P : 초등학교 때는… 엄마랑 연락을 못 했어요. 할머니랑 아버지가… 연락하지 말라고 했거든요. 정확히 왜인지는 모르겠는데, 그냥… '그런 사람'이라고만 들었어요. (잠시 생각하다가 고개를 끄덕임) 근데, 6학년쯤 됐을 때… 엄마랑 다시 연락하게 됐어요. 몰래. 학교 끝나고 가끔 전화하고, 밥도 같이 먹고. 햄버거나… 닭강정 같은 거 사 주고. 그게 뭐라고… 진짜 좋았어요. (짧게 웃다가, 금방 표정이 어두워짐) 아버지는… 아마 알았을 거예요. 근데… 그냥 아무 말도 안 했어요. 그것도 이상했죠.

(고개를 떨구며) 그렇게 몇 달 정도… 엄마랑 가끔 봤는데, 어느 날 길에서 우연히 마주친 거예요. 진짜 우연히. 나 혼자 학교 끝나고 걷고 있는데, 건너편에서 누가 오는 거예요. 엄마였어요. 근데, 옆에… 어떤 아저씨가 있더라구요. (표정이 멈춰 있음) 엄마랑 눈이 마주쳤거든요. 정확히 마주쳤어요. 근데… 그냥 지나가더라고요. 아무 말도 안 하고. 난… 그냥 멍하니 서 있었어요. 말도 못 하고. 몸이 안 움직였어요.

애써 웃으면서 이야기를 하는 그의 말에 나는 차마 어떤 대답을 해야 할지 몰라 헤매고 있었던 것이 기억이 난다. 나는 그만큼 그의 이야기에 압도되어 있었다. 그는 분명 내 앞에서 숨

쉬고 있는 30대의 청년이었지만, 그의 눈은 초등학교 6학년의 작은 아이의 것인 것만 같았다.

나는 몇 번이나 입을 열려 했지만, 결국 아무 말도 하지 못했다.

그 침묵 속에서 어색하게 P가 말을 이었다.

P : 뭐… 이제 다 지난 일이죠. 그땐 좀… 당황했는데, 지금 생각해 보면 그냥 그런가 보다 해요. 그 사람도 자기 사정이 있었겠죠. 저는 뭐, 이젠 아무렇지도 않아요.

치료자 : 이젠 아무렇지 않다고 하셨는데, 그렇게 되기까지 얼마나 오랫동안 스스로를 지키려 하셨을지 알 것 같아요.

스크립트 끝

아마 그는 여성을 혐오했기 때문이 아니라, 어린 시절 감당하기엔 너무도 무거운 상처를 안고 있었기 때문에 여성과의 관계가 왜곡되었을 것이다.

그토록 큰 상처가 유독 자신에게만 벌어진 일이라면, 그의 인생은 너무나 비참하고 불운한 것이 되고 만다. 그래서 그는, 결국 세상의 다른 '행복해 보이는 어머니들' 역시 모두 이기적이길 바랐을 것이다. 그것은 단순한 냉소나 왜곡이 아니라, 어린아이가 자기 존재를 지키기 위해 할 수 있었던 필사적인 심리적 방어이자 생존 방식이었다.

또 한 가지, 그가 "이제는 아무렇지 않다."고 말했을 때, 나는 그것이 진실이 아님을 알고 있었다. 물론 그는 거짓말을 한 것이 아니었다. 하지만, 그 말은 진실 또한 아니었다.

나는 그에게 그것을 지적하지 않았다. 오히려 "아무렇지 않게 되기까지 얼마나 오랫동안 스스로를 지키려 하셨을지 알 것 같다."는 말을 건넬 수밖에 없었는데, 왜냐하면 나는 그 말이 자존심을 지켜내기 위한 그의 마지막 방어임을 알고 있었기 때문이다.

그 순간의 그는, 용기 내어 자신을 드러낸 초등학교 6학년의 아이였다. 그 아이에게 "당신은 아직 상처받아 있어요."라는 말은 진실일 수는 있어도, 또 다른 폭력이 될 수 있었다.

나는 그가 스스로 지켜 낸 마음의 존엄을 무너뜨리고 싶지 않았다.

지금 내가 해야 할 일은, 그의 속도에 맞추는 것이다. 그가 초등학교 6학년의 아이로 내 앞에 왔다면, 나 역시 그 속도로 함께 걸어가야 한다.

그의 왜곡된 여성관과 직업의 특성을 종합해 볼 때, 그는 많은 여성들과 복잡하고 중층적인 관계를 맺어 왔음을 예상할 수 있었고, 그 안에는 일정한 반복 패턴이 있음을 알 수 있었다. 그는 처음 만나는 사람에게도 마치 오래 알고 지낸 사람처럼 자연스럽고 편안하게 다가가는 능력이 있었는데, 이는 그의 뛰어난 외모 때문만은 아니었다. 오히려 진심을 과시하지 않으면서도 절묘하게 선을 넘나드는 태도, 상대방의 긴장을 무장 해제시키는 방식에서 비롯된 매력이 컸던 듯하다.

그는 가끔 자신의 직업관에 대해 이야기하곤 했다. "돈을 벌기 위해선 먼저 마음을 벌어야 해요. 마음이 따라오면, 돈은 그 다음에 오는 거니까요." 그 말은 그가 이 일을 단순한 생계 수단이 아니라 일종의 감정적 전략으로 접근하고 있음을 보여줬다.

그러나 바로 그 '마음'에서, 그는 가장 자주 넘어졌다. 상대의 마음을 얻는 데는 익숙했지만, 정작 그 마음이 깊어졌을 때는 되레 스스로 거리를 두며 밀어냈다. 그의 말에 의하면, 그렇게 멀어져야만 한다는 강박이 무의식처럼 따라붙곤 했다. 결국 관계는 상처와 혼란을 남긴 채 종결되었고, 그 끝에는 늘 상대에 대한 원망과 자신에 대한 죄책감이 덧칠되어 남았다. 그는 그 반복을 알고 있었지만, 멈추지 못했다. 아마 그에게 있어서 '마음을 얻는 일'은 생존의 기술이었고, '마음을 밀어내는 일'은 자기를 지키는 방식이었을 것이다.

<hr>

→·——·→   스크립트 시작   ←·——·←

P : 근데… 진짜 어이없는 일이 하나 있었어요. 며칠 전에, 여자친구가 문자 보냈는데… 제가 여자친구 이야기 했었죠? 손님으로 만났었다고. 걔도 업소에서 일하는 애거든요. 그런데, 걔가 내 이름을 '지안'이라고 보낸 거예요. "지안아 오늘 너무 바쁘다. 보고 싶은데…." 이러고.

지안은 누굴까요? 그거 보는 순간… 진짜, 정신이 확 나가더라고요. 얼어붙은 것처럼 그냥… 그대로 핸드폰만 보고 있었어요. 답장도 못 했고, 그날 내내 아무 말도 안 했어요. 그냥, 존X게 화가 났어요. 아무 일도 아닌 걸 수도 있는데… 진짜, 뒤통수 맞은 기분이었어요. (잠시 말이 끊기고, 고개를 돌려 허공을 본다.)

…내가 뭐가 돼요? 뭐 별거 아닌 건 알아요. 그냥, 바빠서 헷갈린 거겠지. 뭐 만나는 사람이 워낙 많으니까 이해해요. 근데,

그 순간 드는 생각이 '얘도 결국 다 똑같구나.' …그거였어요.

치료자 : 굉장히 당황스러우셨겠어요…. 단순히 이름이 아니라 관계의 신뢰가 무너졌다는 생각이 드셨을지도 모르겠네요.

P : 뭐 걔도 업소에서 일하는 애니까… 사실 걔나 나나 손님 보고 있을 때는 연락을 아예 못 하거든요. 그래서 우리 둘 다, 그냥 잠깐잠깐 쉬는 시간에 안부 문자 한두 개 주고받는 게 다예요. 그러니까… 그날 걔가 실수한 것도… 정신없던 와중에 문자를 보내다 보니 착각한 거겠죠.

사실 머리로는 그게 이해가 돼요. 진짜 실수였을 거라는 것도, 나한테 거짓말하려고 그런 건 아니라는 것도… 알아요. … 근데요. 그런데도 계속 화가 나는 거예요. 그냥… 딱 그 문자 보고 순간 얼어붙었어요. 나를 뭐라고 생각한 거지? 내가 대체 뭐길래… 하는 생각이 막 들고… 그 이후로, 문자가 와도 손이 안 가더라고요. 그냥 무시했어요.

치료자 : 얼어붙었다는 말이 제게도 무겁게 다가오네요. 어쩌면 두 분이 평소에 서로에게 보냈던 그 짧은 문자는 언제나 마음은 너를 향해 있다는 징표 같은 것일지도 모르잖아요. 그

러데, 그것에서 실수를 했다면 관계 자체의 신뢰가 의심되었을 수도 있을 것 같아요.

P : 진짜 딱 그거예요. 그리고 일 끝나고 집에 왔는데, 아직 안 들어온 거예요. 전화해 보니까 지금 오고 있다는데, 완전 꽐라 된 목소리였어요. 그 순간 못 참고 "야 이 미친X아"라고 해 버렸어요. 그랬더니 걔가 "뭐?" 이러더라고요.

그래서 내가 "아 미안, 나도 너처럼 실수로 잘못 말했어." 이렇게 넘겼는데, 한동안 말이 없더니 애교 섞인 목소리로, "P야 미안해~~ 누나가 너~~무 바빴어. 이해해 주면 안 돼?" 하면서 웃는데, 그게 더 역겨운 거예요. 그래서 말했어요. "씨X. 니가 나한테 해 준 게 뭐가 있다고? 니가 나 만나면서 나한테 뭐 선물 하나라도 제대로 해 준 거 있냐?" 이렇게 말했거든요.

사실 이런 식으로 돈 이야기는 정말 하면 안 되는 거긴 해요. 같이 일하는 입장에서… 근데 나도 모르게 그렇게 말이 나오더라고요. 이건 아닌데 싶으면서도 나도 모르게 그렇게 말하고 있어요. 그랬더니 말없이 있다가 그냥 전화를 끊더라고요. 그리고 지금까지 연락이 안 되는 상태예요.

치료자 : 그런 일이 있었군요…. 지금은 마음이 좀 어떠세요?

P : 솔직히 좀 신경 쓰이긴 하죠. 근데 뭐… 오히려 잘 된 거 같기도 해요. 지도 그렇고, 나도 그렇고… 사는 거 뻔하잖아요. 결국 언젠가는 터질 일이 그냥 조금 빨리 터진 거죠 뭐. 솔직히 말해서… 저도 이런 데서 일하지만, 여기서 일하는 애들이 다 정상 아니잖아요? 솔직히 다 거기서 거기죠. 이런 일은 마음에 담아두면 안 돼요. 그냥 그런 거예요.

치료자 : 신경은 좀 쓰이는데 의미는 없다…. 그런 말 안에 뭔가 복잡한 마음이 담겨 있는 것 같아요. 단순한 일은 아니었겠죠.

P : 신경 쓰지 않으려고 해요. 그냥 신경 쓰지 않는 게 제일 편해요.

스크립트 끝

P가 "아무렇지 않다."고 말했을 때, 나는 결국 우회적인 말밖에 할 수 없었다. 즉, 나는 "그런 일이 있었다면 정말 힘들었겠어요."라고 말할 수가 없었다. 왜냐하면 이전 세션들에서 P가

현재의 여자친구에게 꽤 깊은 마음을 두고 있다는 것을 알고 있었기 때문이고, 또 P는 이를 필사적으로 부정하고 있다는 것을 느꼈기 때문이다. 그는 초등학교 이후로 더 이상 '여성'에게 상처받고 싶지 않다고 결심했을지도 모른다. 그는 그것을 위해 버텨 오고 있다. 그런 그에게 "당신은 상처받았어요."라고 말할 수는 없었다. 그것은 위로가 아니라 그의 자존심을 뭉개버리는 말이 될 것이기 때문이다.

그는 종종 "이 일을 평생 할 순 없죠."라는 말을 하며, 언젠가 디저트 가게를 하고 싶다는 꿈을 이야기했다. 실제로 제과나 제빵을 배우고 있진 않았지만, 그런 상상은 그에게 단순한 허상이 아닌, 다른 삶에 대한 갈망처럼 느껴졌다.

그에 반해 그의 여자친구는 바리스타 자격증을 가지고 있었고, 언젠가는 자신의 가게를 여는 것이 꿈이라고 말했다고 했다. P는 그런 그녀의 모습을 자랑스러워하는 듯 보였다. 아무 준비 없이 그저 막연한 꿈만 꾸고 있는 자신과는 달리, 여자친구는 실질적인 계획을 가진 사람처럼 보였고, P는 그녀를 통해 더 밝은 세상으로 나아갈 수 있다는 희망을 품고 있는 듯했다.

또한—P가 직접 말하지는 않았지만 내게는 그가 같은 업종에 종사하는 상대에게서 일종의 '이해받고 있음'의 확신을 얻는다는 느낌이 들었다. 모든 가치가 금전으로 환산되는 그의 세계 속에서, 그의 여자친구는 그가 잠시 기대어 쉴 수 있는, 거의 유일한 안식처처럼 느껴졌을 것이다.

하지만 그럼에도 불구하고, P는 어쩌면 그녀가 가진 그 중요성에 비해 너무 사소한 이유로 관계를 무너뜨리고 말았다. 그리고 결정적으로, '사랑을 물질로 환산'하는 방식의 말을 던짐으로써 그녀를 가장 모욕적인 방식으로 공격했다.

그런 상황에서 내가 그에게 "정말 힘들었겠어요. 이별은 힘든 일이죠."라고 말할 수 없었던 이유는, 그가 지금도 여전히 힘들어하고 있음을 알고 있었기 때문이고, 동시에 "그럴 수밖에 없었을 거예요. 누구라도 그렇게(욕을 하는 방식으로) 반응했을 거예요."라고 말할 수 없었던 것은, 정작 그 자신조차도 그 왜곡된 사랑의 방식에 대해 스스로를 혐오하고 있다고 느꼈기 때문이다.

그래서 나는 결국, "복잡한 마음이 담겨 있었을 것 같다."는, 모호한 문장을 택할 수밖에 없었다. 그러나 어쩌면 그 모호함 자체가 그의 내면을 가장 정확히 반영하는 표현이었을지도 모른다.

나는 이 시점에서 그의 이러한 왜곡된 인간관계, 특히 여성과의 반복적인 패턴을 진정으로 바꾸기 위해서는, 현재의 관계에 집중하기보다는 그가 걸어온 삶의 맥락 전체를 살펴보는 것이 우선이라는 생각을 종종 하곤 했다. 그렇기에 언젠가 그의 어린 시절 이야기를 들을 수 있기를 바랐지만, 그런 이야기는 내가 원한다고 해서 쉽게 나오는 것이 아니었다. 과거를 꺼낼 수 있으려면, 무엇보다 그 자신이 준비되어 있어야 했고, 나는 그 준비가 찾아오기를 조용히 기다릴 수밖에 없었다.

그러던 어느 날, 뜻밖의 순간에 P는 자신의 아버지에 대한 이야기를 꺼내기 시작했다. 전혀 예고 없이, 마치 스스로도 놀란 듯한 얼굴로.

스크립트 시작

P : 그날 일하면서 옆방에서 무슨 소리가 들리는 거예요. 여자 손님들끼리 싸움이 난 거죠. 술 마시다 시비 붙은 거 같은데… 평소엔 실장 형이 진짜 손님한테는 절대 그렇게 안 하거든요? 근데 그날은 무슨 눈이라도 돌아간 것처럼, 진짜 말도 안 되는 욕을 퍼붓는 거예요. 씨X년, 미친X, 필요 없으니 꺼지고 다신 오지 마라. 이런 말들까지 막… 처음 들어 봤어요, 실장 형 입에서 그런 욕 나오는 거.

그런데 이상하게… 그게 나한테 한 말도 아닌데, 그 순간 몸이 얼어붙더라고요. 그냥 머리가 하얘졌어요. 나중에 생각하니까 '야, 이건 말려야 되는 거 아니야?' 싶었는데, 그 순간엔 한 마디도 못 했어요. 입이 안 떨어지더라고요. 진짜… 내가 왜 그랬는지도 모르겠어요. 그냥 딱… 얼어붙은 느낌. 무서운 것도 아닌데, 이상하게 아무 말도 못 하겠더라고요….

치료자 : 혹시 어떤 상황이었는지 더 자세하게 이야기해 주실 수 있으세요?

P : 그냥… 별거 아닌 거였어요. 여자 손님 셋이 왔는데, 한 명이 처음 왔나 봐요. 술에 취하니까 자기 선수를 찾으면서 이 방 저 방 돌아다닌 거예요. 그러니까 다른 방 손님들은 당연히 기분 나쁘잖아요. 근데, 그 여자가 갑자기 욕하면서 말싸움이 시작된 거고요. 처음엔 그냥 좀 시끄럽다 싶었는데, 갑자기 진짜 욕이 오가고 서로 머리채 잡고… 그렇게 돼 버린 거예요.

그때 실장 형이 들어가서 말리는데, 말리는 게 아니라 거의 윽박지르듯이 소리 지르는 거예요. 말투가… 진짜 사람한테 하는 말이 아닌 수준이었어요. "너 같은 X은 이 가게에 다시는 발도 못 붙이게 한다.", "뭐 이런 XX년이 다 있어?" 막 이런 식으로. 진짜 살벌했어요.

근데 그걸 내가 그냥… 서 있었어요. 문 앞에서. 몸이 안 움직이는 거예요. 말도 안 나오고. 그냥… 귀에서 막 소리만 울리고, 머리는 멍하고. 심장이 진짜 쿵쾅거리는데, 아무것도 못했어요. 난 그냥 그 상황이 너무… 익숙한 느낌이었어요. 근데 그게 더 소름이었고요.

치료자 : 술에 취한 사람들이 좁은 공간에서 서로 욕설을 하며 싸움을 벌이면 사실 누구라도 무섭죠. 그러나 P님 말씀대로 P님께서는 당사자도 아닌데, 몸이 얼어붙었던 거잖아요…. 혹시 예전에라도 이런 비슷한 상황에서 굉장히 곤혹스러웠던 경험이 있지는 않으세요?

P : 음… 생각해 보니까 비슷하진 않은데, 생각나는 일이 있어요…. 아마 초등학교 5학년 때였을 거예요. 비 오는 날이었어요. 아빠는 타일 시공하니까 비 오면 공사 못 하거든요. 그래서 집에 있었고, 아침부터 소주를 마시고 있었죠. 전 집에서 그냥 TV 보고 있었는데, 갑자기 아빠가 해장한다고 라면 끓여 오라고 하더라고요.

근데… 왜 그랬는지 진짜 저도 잘 모르겠어요. 아마 학교에서 누가 심부름하고 용돈 받았다는 얘기라도 들었는지… 그때

제가 아빠한테 "라면 끓여 줄 테니까 용돈 좀 주세요." 그랬거든요. 그 한마디 듣고 아빠가… 완전 돌변했어요.

"애새끼 키워 봤자 아무 소용 없다, 내가 뼈 빠지게 일해서 돈 벌어다 줬더니 이젠 나한테 돈을 달라고? 어린놈이 벌써부터 돈 밝히고 지랄이야. 니 엄마 닮았냐? 니 엄마처럼 돈이 좋으면 그냥 그년한테 가서 살아!" 이러면서 소리 지르는데, 진짜 집안이 쩌렁쩌렁 울릴 정도였어요. 그러고는 막 텔레비전 리모컨이고 뭐고 손에 잡히는 대로 던지기 시작했고요… 컵 던지고, 벽에 부딪히고, 막 다 깨지고… 할머니는 옆에서 "아이고, 아이고…" 하면서 말리는데, 그 와중에도 할머니는 저한테 뭐라 하시는 거예요.

"P야, 네가 잘못했어. 빨리 아빠한테 빌어. 잘못했다고 해. 네가 괜히 그런 말 해서 아빠 속 뒤집어 놓은 거야." 이러면서…

저는 너무 무서워서 그냥 막 울면서 "잘못했어요, 다시는 안 그럴게요." 하면서 싹싹 빌었어요. 말도 제대로 안 나오는데 계속 빌었어요. 울음이 멈추질 않았고…

근데 아빠는 그런 저를 내려다보면서도, 한참 동안 아무 말도 안 했어요. 그냥 담배 피우러 나가서 문 쾅 닫고, 그렇게 끝났어요.

치료자 : 너무 어리니까 울면서 빌 수밖에 없었을 것 같아요. 초등학생이잖아요. 그땐 그냥 살아남는 게 먼저였을 거예요.

P : …맞아요. 그땐 진짜… 그냥 무서웠어요. 라면 끓여 달란 말에 내가 뭐라 했다고…

진짜… 그때는 내가 잘못한 줄 알았거든요. 아빠가 나 쳐다보는데… 눈빛이 그냥… 사람을 죽일 것처럼 보여서, 무조건 빌었어요.

치료자 : 어린아이잖아요. 얼마나 무서웠겠어요.

내가 이렇게 말을 하자, P는 생각에 잠긴 듯한 얼굴로 고개를 떨군 채 한참이나 아무 말도 하지 않았다. 그래서 나는 말을 이어 갔다.

치료자 : (조용한 목소리로) 그 시절 이야기를 꺼내 주셔서 감사해요.

(조금 숨을 고른 후) 지금 P님은 많이 자라서, 그 상황을 다르게 이해할 수 있는 사람이 되었잖아요. 만약 지금 그 어린아이를 보면 어떤 생각이 드실 것 같아요?

P : 지금이요?

치료자 : 네. 만약에 우리가 같이 그때로 돌아가서 어린 P님을 만난다면 어떤 말을 해 주고 싶으실 것 같으세요?

P : …그냥… 그만 울라고… 괜찮다고… 니 잘못 아니라구… 그렇게 말해 줄 것 같아요. (눈시울이 붉어짐)

치료자 : 정말… 그건 어린 P님의 잘못이 아니었어요.
그렇게 힘든 상황을 견뎌 냈고, 지금 이렇게 그때의 이야기를 꺼낼 수 있다는 것만으로도… P님께서 얼마나 오랜 시간 마음속에서 싸워 오셨을지 짐작이 돼요. 정말 쉽지 않은 일을 해 내신 거예요.

스크립트 끝

이 회기는 특히 P와의 면담에서 짚어 두고 싶은 지점이 많다. 그중에서도 가장 주목해야 할 부분은, P가 처음으로 어머니가 아닌 '아버지'에게 비판적 시선을 표현했다는 점이었다.

서두에서도 말했듯, P는 지금까지 어머니와 어머니로 내표되는 여성들에 대한 공공연한 적대감을 드러내곤 했다. "여자는 결국 이기적이다.", "모성애 같은 건 없다."는 말을 반복하며, 어린 시절 자신을 버린 어머니에 대한 분노와 배신감을 노골적으로 표출했다. 그러나 아버지에 대해서는 달랐다. 그는 아버지를 거의 비판하지 않았다. 오히려 아버지를 최소한 '자신을 지켜 줄 수 있는 마지막 남은 존재'로서 마음속 깊은 곳에서 붙들고 있었던 듯했다.

　나는 그 이유를 이렇게 이해했다. 어린 시절 전부였던 보호자가 '옳지 못한 사람'이었다는 인식은, 그것만으로도 내면의 기반을 뒤흔드는 사건이 된다. 보호자를 부정하는 순간, 아이는 더 이상 기댈 수 있는 안전기지를 잃게 된다. 내면의 마지막 심리적 부표가 사라지면, 아이는 끝없는 표류 속에 혼자 남겨진다. 그래서 많은 아이들은 부모의 부당함을 알아차리고도 인정하지 못한다. 설령 부모가 분명히 잘못했더라도, 그 사실을 받아들이는 것은 '나는 이제 완전히 혼자다.'라는 절망과 맞닥뜨리는 일과 같기 때문이다.

　바로 그 이유로, 치료자가 학대의 흔적을 발견했을 때도 그 사실을 섣불리 내담자에게 언급해서는 안 된다.

　"당신의 부모는 잘못했어요. 당신은 피해자예요."

이런 말은 겉으로는 위로처럼 들릴 수 있지만, 내담자에게는 내면에 남아 있던 마지막 안전기지를 제거하는 행위로 느껴질 수 있다. 내담자는 겉으로는 고개를 끄덕일 수 있다. 하지만 마음속에서는 이렇게 속삭일지도 모른다.

"당신이 뭘 안다고 그런 말을 하죠? 내 삶을 다 알지도 못하면서…."

나는 이런 순간을 여러 번 목격해 왔다. 부모의 잘못을 직접적으로 지적하는 치료자의 말은 아이였던 내담자의 내면에 숨겨진 마지막 끈을 끊어 버릴 위험이 있었다.

그래서 진정한 변화는 언제나 내담자 스스로 '부모가 옳지 못한 부분이 있었구나.'라고 느끼는 순간부터 시작된다. 그러나 이 인식이 생겨나기 위해서는 그보다 먼저 '다른 누군가에게 기댈 수 있다는 믿음'이 선행되어야 한다. 그렇기에 나는 이번 면담이 특별히 의미 있다고 느꼈다. P가 처음으로 자신의 아버지를 비난할 수 있었다는 사실은, 그 안에서 스스로 안정감을 느끼고 객관적으로 사실을 바라볼 수 있는 힘이 자라나고 있다는 증거였다.

그는 어린 시절부터 '나는 나쁜 아이야.'라고 믿는 편이 심리적으로 더 안전했을 것이다. "아버지, 제가 잘못했어요."라고 말하는 것이, '아버지는 나쁜 존재야.'라고 인정하는 것보다 훨씬 덜 무섭게 느껴졌을지 모른다. 어쩌면 그 믿음 덕분에 그는 어린 시절을 버텨 낼 수 있었을 것이다.

하지만 문제는 이 믿음이 성인이 되어서도 쉽게 사라지지 않는다는 점이다. 끝없이 자신을 탓하며 살아가는 습관은 몸에 각인되기 때문이다. 그럼에도 그는 이번 회기에서 처음으로 아버지에 대한 부정적 시선을 입 밖에 냈다. 그것이야말로 그가 안정으로 나아가는 첫걸음이라는 사실이, 내게는 너무나 자명해 보였다.

"…저는 아무 잘못한 게 없었어요. 잘못한 건… 우리 아버지였던 것 같아요."

그의 목소리는 낮았지만 분명했다.

이 말은 단순한 감정의 표출이 아니었다. '내가 잘못한 게 아니라, 아버지가 잘못했을 수도 있다.'는 인식은 곧 스스로 세상을 헤쳐 나가겠다는 작은 발걸음이었다.

그리고 그는 끝내 아무도 꺼내지 못했던 이야기를 내 앞에서 건넸다.

· · ·

"선생님, 저번에 얘기했던 거 있잖아요… 아버지한테 제가 잘못한 게 없었다는 거… 그거 계속 생각해 봤어요."

그는 지난 회기의 대화를 떠올리며 아버지에 대한 이야기를 다시 꺼냈다. 그리고 자신이 얼마나 부당한 대우를 받아 왔는지를 곱씹기 시작했다.

"…생각해 보니까, 진짜 억울하더라고요. 왜 그런 식으로 저한테 했는지 모르겠어요. 전 아무 잘못도 없었는데…."

여기서 P가 사용한 억울하다는 말은 단순한 불평이나 푸념이 아니었다.
그것은 그가 처음으로 자기 삶의 고통을 '부당한 것'으로 인식하기 시작했음을 보여 주는 표현이었다.

스크립트 시작

P : 저번에… 선생님이 해 주신 말 있잖아요. 그거 집에 가서 계속 생각해 봤어요. 처음엔 잘 모르겠다고 생각했는데… 근

데 생각해 보니까, 지 진짜 몰랐던 것 같아요. 아빠가 지한테 그렇게까지 잘못한 게 많았다는 걸… 이상하게 저는 항상 엄마만 미워했거든요.

왜 그랬는지도 잘 모르겠고요. 근데… 아빠도 그렇고… 할머니도 그렇고… 왜 저한테 그런 식으로 했는지 모르겠어요. 저는 진짜, 아무것도 잘못한 게 없는데…

P의 목소리는 낮았지만, 평소보다 더 길게 이어졌다. 나는 그의 말을 조심스럽게 들었다.

치료자 : 사실 저도 지난번 면담이 끝나고 나서 P님이 하셨던 말이 자주 떠올랐어요. 그만큼 어린 P님에게는 정말 감당하기 힘든 일이었겠구나 싶더라고요.

이번에 그런 생각이 드셨던 데에는 어떤 계기가 있었던 건가요?

P : …잘 모르겠어요. 그냥… 갑자기 그 생각이 나더라고요. 그때 이삐기 했던 말, 그리고 제가 무서워서 아무 말도 못 했던 거… 그 장면이 자꾸 떠올랐어요. 예전엔 그런 게 다 그냥 '내가 예민한가?' 싶었는데, 요즘은… 진짜 이상하단 생각이 들어요.

내가 잘못한 것도 없는데, 왜 그렇게까지 대했지? 그걸 이제야 생각하는 것도 스스로 좀 이상하고요.

잠시 침묵이 흘렀다. 그는 시선을 바닥에 고정한 채 손가락을 꼼지락거렸다. 그리고 마치 망설이다가 덧붙이듯 입을 열었다.

P : 집에서 생각해 보니까 또 하나 생각나는 게 있는데… 아빠한테 새 여자가 생겼었나 봐요. 저는 그것도 몰랐어요. 근데 결국 그 여자랑 헤어지게 된 거죠.
아빠가 술에 잔뜩 취해서 들어온 날이었는데, 뭐 결국 헤어졌다 이런 이야기를 할머니한테 하고 있었어요. 그런데 할머니가 제 이름을 말하면서
"야, P 때문이래냐?"
"P 때문에 헤어진 거야?"
"저것만 없었어도…"
이런 말을 하는 거예요. 저는 방에 있었지만 다 들었거든요. 그것도 잊고 있었는데, 자꾸 생각이 나더라고요.

그 순간 나는 어떤 말도 할 수 없었다. 그 어떤 말도 지금 이

수가 그의 마음을 안전하게 지켜 줄 수 없다는 것을 알고 있었기 때문이다.

P는 내 침묵을 무겁게 받아들인 듯 천천히 말을 이었다.

P : 근데… 그냥 왜인지는 모르겠는데, 무서워서 아무 말도 못 했어요. 그 뒤로는 생각도 안 하고 지냈는데, 이제 생각이 나더라고요.

그때는 아무 말도 못 하고… 그냥 숨만 쉬고 있었던 것 같아요.

나는 그의 표정을 바라보았다. 그 순간의 공포와 무력감이 여전히 그의 몸 어딘가에 남아 있는 것처럼 느껴졌다.

치료자 : 무서워서 아무 말도 못 했다는 그 말이… 제 마음에 무겁게 다가와요.

이제야 그 일이 생각나는 게 스스로 이상하다고 말씀하셨지만, 저는 오히려 이해가 된다고 생각해요. 너무 무섭고, 너무 두려웠기 때문에… 내가 살아남기 위해 잊어야만 했었는지도 몰라요.

P는 잠시 고개를 떨구더니 조용히 말했다.

P : 그런 식으로 말씀해 주시니까… 솔직히 그렇게 생각해
보진 못했는데요….
　그럴 수도 있을 것 같아요. 왜 그때 나쁘다고 생각하지 못했
는지 모르겠어요. 그건 정말 제 잘못이 아니었어요.

　나는 그가 조금이라도 스스로를 이해할 수 있도록 말을 이
었다.

치료자 : 누구나 그렇게 되는 것 같아요. 특히 아이에게는 부
모가 전부인 것처럼 느껴지잖아요. 그러다 보면… 어쩌면 나
자신을 조금씩 희생하면서까지 가족의 행동을 감싸안게 되기
도 하는 것 같아요. 하지만 저는 이런 생각이 들어요. P님은 그
때도 다른 사람을 감싸안아 주는 데는 익숙했지만, 정작 스스
로를 감싸 주지 못했을까 봐… 그래서 더 견디기 힘들었을까
봐 걱정이 돼요.

P : 선생님 말씀이 맞는 것 같아요. 정말… 제 잘못이 아니었
어요.

그리고 P는 눈을 감고 천천히 숨을 내쉬었다. 마치 어린 시절의 자신과 다시 마주하고 있는 듯했다.

스크립트 끝

이 시점을 기점으로 P는 이후에도 몇 차례에 걸쳐, 어린 시절의 자신이 감당하기엔 너무 가혹했던 일들을 하나씩 이야기하기 시작했다. 나는 그때마다 말해 주었다. P는 그런 상황 속에서도 살아남기 위해 애썼고, 자신을 지키기 위해 버텼으며, 결국 지금 이 자리에까지 도달한 사람이라고.

왜냐하면 나는 P가 스스로를 불행한 가정환경의 피해자가 아니라, 삶의 역경 속에서도 살아남은 생존자로 느끼기를 바랐기 때문이다.

그렇게 스스로의 잘못이 아니었다는 것을 확인하는 여러 회기를 거치며 그는 조금씩 안정되어 갔다. 그 뒤 우리의 치료는 어쩌면 반복의 연속이라 할 수 있었는데, 그는 용기 있게 자신의 상처들을 꺼내기 시작했고, 나는 그때마나 'P의 잘못이 아님'을 확인해 주곤 했다. 그 과정마다 그는 조금씩 앞으로 나아가고 있는 듯했고, 그 발걸음은 꾸준히 그의 마음속에 쌓여 갔다.

50회기 무렵 수면은 더 이상 그를 무너뜨리지 않았고, 여자 친구와의 관계도 이전보다 평온해 보였다. 무엇보다 인상 깊었던 건, 그의 가슴속에서 오래도록 울고 있었던, 끊임없이 의심하던 상처 입은 어린아이가— 이제는 조금씩 그 자신에게 위로받고 있는 듯한 모습이었다.

그가 회복기에 들어섰다고 느꼈던 시점에서 그와 나눴던 한 꼭지의 대화가 기억이 난다.

◆◆━━━━◆━━━━ 스크립트 시작 ━━━━◆━━━━◆◆

P : 저번에 아빠 집에 갔었거든요. 그날도 술 드시고 계시더라고요. 제가 해장하시라고 뭐 좀 사다 드리고 용돈도 좀 드리고 했거든요. 그리고 나가려는데, 아버지가 갑자기 "P야. 애비가 못나서 미안하다…."이러는 거예요.

치료자 : 그런 일이 있었군요…. 그래서 P님은 뭐라고 하셨어요?

P : 그냥… 별말 안 했어요. 예전에도 술 취하면 가끔씩 저런

말은 하셨거든요. 그런데, 이번에는 뭔가… 느낌이 조금 다르더라고요. '맞아 내 잘못이 아니야…' 이런 생각… 그러고 나니까 괜히 속이 후련한 느낌? 같은 게 드는 거예요. 그냥 후련했어요.

치료자 : 그 말이 이해가 돼요. 이젠 진심으로 그 말을 받아들일 준비가 되셨던 거겠죠.

P : (옅게 웃으며) 그런가요? 저는 그냥 이 말을 하고 싶었어요. 그냥 속이 후련해지는 느낌이 들더라고요.

스크립트 끝

그에게 직접적으로 말하진 못했지만, P의 이야기는 내게 상당한 감동으로 다가왔다. 한 사람의 깊은 상처의 역사가 다시 쓰이는 것만 같았기 때문이다.

사실 이 시기 이후로도 그는 여전히 호스트바에서 일했고, 여전히 여성들과의 관계에서 어긋나는 장면들을 만들긴 했었다. 하지만, 마음을 이용해 타인을 조종하거나 착취하던 예전의 태도는, 더 이상 유지되지 않는 듯 보였다.

그리고 치료 1년이 지난 시점, 그는 생애 처음으로 제과제빵 학원에 등록했다. 직접 구운 빵을 내 진료실로 가져와 "이거, 제가 만든 거예요."라며 수줍게 건넨 날이 있었다. 나는 마음 깊이 기뻤다. 그 순간, 그의 눈빛 속에서 '스스로를 위로할 수 있는 용기'라는 것을 보았기 때문이다.

그리고 그가 완전한 회복으로 나아가고 있다는 느낌을 준 회기가 다음에 나와 있다.

✦━━━━━━━━━━●　　스크립트 시작　　●━━━━━━━━━━✦

P : 얼마 전에 같이 일하는 친구랑 실장 형이랑 좀 크게 싸운 적이 있었어요. 어떻게 된 거냐 하면… 그날 어떤 여자 손님이 그 친구한테 좀 무리한 걸 요구했거든요.

제가 직접적으로 말씀드리긴 좀 그렇지만… 아무리 호스트 바라도 해서는 안 되는 선이 있잖아요. 근데 그 손님이 그 선을 완전히 넘었어요. 결국 그 친구가 방에서 그냥 나와 버렸죠. 당연히 손님은 바로 실장 형한테 가서 컴플레인을 걸었고, 가게는 순식간에 난리가 났어요.

나중에 따로 얘기를 하는데, 실장 형이 자꾸 그 친구한테만 뭐라고 하는 거예요. "아무리 진상 손님이라도 네가 그렇게 행동해서는 안 된다."고요. 처음에는 그냥 훈계처럼 들렸는데, 점점 목소리가 커지고 서로 욕설까지 오가게 됐어요. 분위기가 살벌해졌죠.

치료자 : 그랬군요…. 그 상황에서 P님은 어떻게 하셨어요?

P는 잠시 숨을 고르며 눈을 내리깔았다.

P : 솔직히 저는 그 친구가 틀린 건 아니라고 생각했어요. 그런데… 걔가 외모가 좀 떨어지는 편이에요. 호스트바에서는 그게 되게 큰 기준이잖아요. 그래서 아마 실장 형도 "그냥 네가 참아라." 이런 식으로 넘기고 싶었던 것 같아요. 근데… 솔직히 룰이라는 게 공평해야 하잖아요? 그날은 정말 그 말이 하고 싶었어요. 그래서 중간에 끼어들었죠.
"형. 근데 그렇게 말씀하시면 여기서 아무도 일 못 해요. 솔직히 좀 심하긴 했잖아요. 저희 입장도 좀 생각해 주세요."

나는 말을 꺼내던 순간의 긴장감이 P의 표정에서 느껴졌다.

그가 목소리를 낮추며 말을 이었다.

P : 저도 사실 좀 떨렸어요. 분위기가 워낙 험악했거든요. 근데 그때는 그냥… 이건 말해야 한다는 생각밖에 없었어요.

치료자 : 용기 있는 말씀이었네요. 그랬더니 실장 형은 뭐라고 하시던가요?

P : 잠깐 가만히 생각하더니… "알았어. 일단 우리 일해야 하니까, 오늘 마무리 짓고 나중에 다시 얘기해 보자." 그러더라고요.
그렇게 상황이 끝났어요. 더 크게 번지지 않고 마무리된 거죠.

치료자 : 곤경에 처한 친구도 보호해 주고, P님의 목소리도 낸 거네요.

P는 살짝 어깨를 움츠리며 어색하게 웃었다.

P : 뭐… 그렇게 거창한 건 아니에요. 그냥 옳은 건 옳은 거

고, 틀린 건 틀린 거잖아요. 그래서 밀한 거죠 뭐. 제가 멋있어 보여서 그런 건 아니고… 그냥 그때는 그게 맞는 거 같았어요.

✦━━━━━━◆ 스크립트 끝 ◆━━━━━━✦

나는 이 면담에서 이전에 그가 실장이라는 사람의 욕설과 분노로 인해 얼마나 깊은 곤경에 처했었는지를 기억했다. 그리고 나는 그가 분명히 달라져 있다는 것을 느낄 수 있었다.

예전의 그는, 아버지로 대표되는 실장이라는 인물의 분노 앞에서 철저히 무기력했다. 자신이 직접적으로 연관되지 않은 상황에서도, 그 분노가 향하는 자리 근처에 서기만 해도 그는 곧바로 아무것도 할 수 없는 어린아이로 돌아가곤 했다. 그 시절의 P는 공포 속에서 몸을 웅크린 채 침묵하는 것이 유일한 생존 방식이었다. 분노는 그의 숨을 끊을 듯한 압력으로 다가왔고, 그는 그 앞에서 스스로를 지워내는 방법으로 하루하루를 버텼다.

그러나 이제 그는 달라졌다. 그는 자신의 목소리를 갖게 되었고, 자신이 옳다고 믿는 것을 두려움에 휘둘리지 않고 말할 수 있게 되었다. 비록 그 행동이 세상의 눈으로 보기에 거창해 보이지 않을지라도, 그것은 명백히 변화를 의미했다.

어쩌면 누군가는 이 변화를 대단한 것이라고 여기지 않을지도 모른다. 왜냐하면, 말했듯이 그는 여전히 호스트바에서 일하고 있고, 여전히 음지에서 자신의 삶을 이어 가고 있기 때문이다. 겉으로 보이는 환경은 이전과 크게 달라진 것이 없다. 하지만 내게는 달랐다. 나는 그의 인생을 고통과 두려움으로 가득 메워 왔던 짙은 안개가 아주 조금씩 걷혀 가는 것을 목격하고 있었다. 그것은 내게 벅찬 감동이었다.

나는 여전히 그가 처음 진료실에 들어섰던 날의 걸음을 기억한다.

늘 경계하듯 주변을 살피며, 마치 무언가를 잃어버리고 온 사람처럼 빈손으로 서 있던 그의 모습. 그가 나를 바라보던 눈빛 속에는 신뢰보다는 계산이 더 많았고, 희망보다는 의심이 더 선명했다.

하지만 지금 나는 안다. 사람은 때로 아주 미세한 가능성 하나만으로도 버텨 낼 수 있는 존재라는 것을. 그리고 그 가능성은 언제나 크고 대단한 것이 아닐 수도 있다. 그가 한 번이라도 자신의 삶을 이전과는 다른 방식으로 해석해 보려 했던 그 마음, 그것이 우리 사이를 지탱해 준 유일한 다리였을지도 모른다.

치료란 어쩌면, 이전과는 전혀 다른 언어로 자신의 이야기를 다시 써 내려가는 일일 것이다.

그리고 P는 그렇게 했다.

그가 내게 건넨 빵은 단순히 수줍은 선물이 아니었다. 그것은 자신이 살아 있다는 것을 보여 주고 싶었던, 한 사람의 작은 증거처럼 느껴졌다. 나는 그 진심을 오래도록, 아마 이 일을 계속하는 한 평생 잊지 않고 기억하게 될 것이다.

2장

연기를 마주한 아이

L은 열다섯 살이었다. 처음 진료실에 들어섰을 때, 내 눈에 가장 먼저 들어온 것은 또래보다 훨씬 큰 키였다. 그러나 그 큰 키는 오히려 그녀가 세상으로부터 자신을 숨기고 싶은 듯 움츠러든 어깨 때문에 잘 드러나지 않았다. 그녀는 마치 혼나러 온 아이처럼 축축하게 젖은 눈빛을 하고 있었고, 힘없는 목소리로 조심스레 대답을 이어 갔다.

그날 L은 어머니와 함께 내원했다. 그런데 아이의 모습과는 정반대로 어머니는 화려한 옷차림에 또렷한 목소리와 표정을 가진 사람이었다. 내가 받은 첫인상은 단순히 외형의 대비만은 아니었다. 두 사람 사이의 역동적 긴장감은 설명하기 어려울 정도로 뚜렷했다. L은 거의 말을 하지 않았고, 반대로 L의 엄마는 L에 대한 모든 것을 자신이 알고 있는 것처럼 이야기했다.

L이 클리닉을 찾게 된 이유는 교실에 들어가면 뿌연 연기가 가득 차서 숨을 쉴 수 없다는 증상 때문이었다. 사실 그녀는 이미 다른 정신건강의학과에서 약물 치료를 받고 있었지만, 담당 의사가 "이 아이는 우리 병원보다는 집 가까운 곳에서 치료받는 것이 낫겠다."고 반복적으로 말했고, 결국 어머니는 그것을 의사가 자신들을 쫓아낸 것으로 받아들였다. 그 결과 내 진료실로 오게 된 것이다.

맨 처음 L의 증상이 나타났을 때 L의 어머니는 기관지 질환이나 비염과 같은 신체적인 문제를 의심했다. 그래서 안과와 이비인후과를 거쳐 정밀 검사를 받았지만 의학적으로는 아무런 이상을 찾을 수 없었다. 그제야 이비인후과에서 정신건강의학과 진료를 권유했고, 어머니는 그 말을 떠올리며 그때 정말 당황스러웠다고 내게 털어놓았다.

L과의 첫 면담은 당혹스러울 만큼 어려웠다. 내 질문에 그녀는 하나같이 "괜찮아요."라고만 대답했다. 친구 관계도 괜찮고, 학교도 괜찮고, 선생님도 괜찮고, 심지어 자신의 마음마저 괜찮다고 했다.

나는 청소년이 다 괜찮다고 말할 때마다 가장 큰 고민에 빠진다. 이 시기의 아이들은 마음의 병을 전형적인 방식으로 표현하지 않을 뿐 아니라, 스스로의 고통을 솔직하게 털어놓지 않는 경우가 많기 때문이다. 그나마 내가 파악한 사실은 두 가지였다. 하나는 그녀는 교실에서 뿌연 연기를 보고 있는 혹은 그렇게 말하고 있다는 것이고, 다른 하나는 그 외의 모든 질문에 괜찮다는 대답을 되풀이한다는 점이었다.

나는 그녀의 증상을 해석하기 위해 가능한 모든 가설을 떠올려야 했다. 그녀는 정말로 연기를 보고 있는 것은 아닐까. 그렇다면 환시가 나타나는 정신병적 증상의 가능성이 있다. 혹은 남들에게는 들리지 않는 목소리를 듣고 있을 수도 있다. 그 목소리가 그녀에게 "의사에게 모든 것을 괜찮다고 말하라."고 명령하는 것이라면, 그래서 그녀가 괜찮다고만 말하고 있는 것이라면, 조현병일 가능성이 있다. 또 다른 가능성으로는 교실에서 따돌림을 당하거나 괴롭힘을 당하고 있지만 차마 말을 꺼낼 수 없어 그 공간 자체를 피하고 싶은 마음이 숨이 막힌다는 표현으로 왜곡되어 나타나는 경우이다. 그렇다면, 우울이나 불안이 원인일 것이다. 그리고 드물지만, 실제로 그녀의 뇌 어딘가에 종양이 자라 환시를 유발하는 경우도 배제할 수 없다. 수많은 가설이 눈앞에 차례로 떠올랐지만, 나는 그 무엇도 단정할 수 없었다.

그녀의 증상을 해석하는 것은 전적으로 나의 몫이었지만, 정작 그녀는 내게 다른 단서를 주지 않았다. 결국 나는 말을 꺼내지 않는 아이를 그대로 둔 체, L의 이미니와의 면담에 집중할 수밖에 없었다. 아이는 침묵했지만, 그녀를 둘러싼 환경이 혹시 그녀의 말할 수 없는 고통을 대신 설명해 줄지도 모르기 때문이었다.

L의 어머니와 면담을 진행하며 알게 된 사실 중 하나는, L의 신체 증상이 이번이 처음이 아니라는 점이었다. 초등학교 5학년 무렵에도 L은 소화불량, 두통, 가슴 통증과 같은 비특이적인 신체 증상으로 대학병원 소아과에 입원한 적이 있었다고 했다. 그러나 그때 역시 명확한 이상 소견은 발견되지 않았다.

어머니는 그 일을 떠올리며 "L은 원래 마음이 좀 약해요."라고 말했다. 그 말은 내게 꽤 오랜 시간 잔상으로 남았는데, 어쩌면 어머니는 L이 보내는 신호—그것이 신체적이든, 심리적이든—를 단순히 마음이라는 하나의 틀에 끼워 맞추고 있는 것은 아닐까 하는 생각이 들었기 때문이다. 만약 어머니가 아이의 구조 요청을 '성격 문제'로 축소해 버리고 있다면, L의 어려움을 직면하기 싫어하는 엄마와 이를 받아들여야 하는 딸 사이에는 복잡한 정서적 얽힘이 있을 것이다. 그것을 확인하기 위해서라도 나는 L의 과거와 성장 과정을 더 깊이 알고 싶었다.

· · ·

　L은 어머니가 미혼 상태일 때 태어났다. 임신 8개월 차였던 시기에 친부가 사고로 세상을 떠났기 때문에 그녀의 어머니는 미혼모가 되었다. 이후 어머니는 식당 서빙과 주방일을 전전했고, 지금은 야간 주점에서 서빙을 하며 생계를 이어 가고 있었다. L의 어머니 역시 몇 해 전 교통사고 이후 우울 증상에 시달려 왔고, 현재는 항우울제를 복용하며 일상을 버티고 있었다. 그 말을 듣자, 어머니가 L에게 정신과 약 복용을 강하게 권유하는 이유가 '내가 그랬듯 너도 약으로 버텨야 한다.'는 믿음 때문은 아닐까 하는 것이 내 머릿속을 스쳐 지나갔다.

　L은 생후 3개월까지 어머니와 함께 지냈지만, 이후 경제적 사정으로 24시간 어린이집에 맡겨졌다. 당시 어린이집 측은 아동의 장기 상주는 규정상 어렵다며 난색을 표했지만, 어머니는 그렇지 않으면 보육원에 보내야 한다며 울며 사정했다고 했다. 그 이야기를 들으며 나는 그 시절의 L을 떠올렸다. 물론 지금의 L에게는 의식적 기억으로 남아 있지 않겠지만, 말도 하지 못한 채 깨어 있고 경계해야 했던 3개월 아기의 모습을 상상하지 않을 수 없었다. 어머니는 아이를 어린이집에 맡긴 상황에서도 잠시 데려와야 할 때가 있었는데, 그때의 L은 예민하

고 손이 많이 가는 아이라고 기억하고 있었다.

L은 세 살이 될 때까지 말을 제대로 하지 못했다. 또래 아이들이 간단한 문장을 구사할 수 있을 때에도 L은 '엄마', '줘'와 같은 단어만 반복했다고 한다. 이를 걱정한 어머니는 결국 어린이집이 끝난 뒤엔 집에서 함께 시간을 보내기로 했다고 했다. 그러나 실제로 L은 대부분의 시간을 TV 앞에 홀로 앉아 보내야 했고, 어머니는 생계를 유지하기 위해 바쁘게 경제활동에 집중해야 했다.

어머니는 L의 초등학교 저학년 시절을 회상하며 "L이 친구들과 잘 어울리지 못한다는 걸, 그땐 몰랐어요."라고 말했다. 초등학교 저학년 때 다른 아이들과 잘 어울리지 못하면, 아이는 반드시 부모에게 도움을 요청한다. 그런데 L이 도움조차 요청하지 않았다면 이미 '도움 요청은 소용없다.'는 무기력감을 학습했을 가능성이 있다. 반대로 요청했는데도 어머니가 반응하지 않았다면, L의 목소리는 그저 묻혀 버렸을 것이다. 어느 쪽이든 결코 좋은 상황은 아니었다.

또한 L은 초등학교 시절부터 또래보다 15cm나 큰 편이었는데, 이 신체적 차이는 '거인'이라는 놀림으로 돌아왔다. 그녀는 남자아이들에게 발로 차이는 등 은근한 폭력을 당하기도 했다. 그러나 어머니를 걱정시키고 싶지 않았던 L은 웃으며 "괜찮아, 내 큰 손발로 다 때려 줄 수 있어."라고 말하곤 했다고 했다. 아이는 자신의 고통을 숨긴 채, 오히려 어른을 보호하는 방식으로 세상을 버텼던 것이다.

성적은 늘 하위권이었지만 L은 선생님의 말씀을 잘 듣는 착한 아이로 불렸다. 초등학교 6학년이 되던 해, 어머니가 교통사고를 당하면서 그녀는 더 조용해졌다. 어머니는 "그때부터 더더욱 말이 없어지더라고요. 저도 신경 쓸 겨를이 없었기도 했고요."라고 말했다. 아마 맞는 말일 것이다. L은 오래전부터 자기 목소리를 거두는 방식으로 세상을 견디고 있었을지 모른다. 거기에 더해 어머니가 정신과 치료를 받기 시작하면서 L은 더욱더 자신 안으로 움츠러들었을 것이다.

. . .

어머니의 이야기를 듣고 난 나는, L의 증상이 단순히 의학적 문제는 아니라고 직감했다. 어디에서도 보호받지 못했던 아이가 더 이상 감당할 수 없는 지점에 다다르면 마지막 남은 방식으로 세상에 구조 신호를 보낸다. 혹시 L이 말하는 '연기'가 바로 그 신호는 아닐까.

나는 L에게 몇 가지 검사를 진행했는데, Brain MRI에서는 양

쪽 뇌실의 약간의 비대칭이 관찰되었으나, 이 연령대에서는 충분히 정상 범주라 할 만한 소견이었다. 종양이나 출혈 같은 기질적 병변은 발견되지 않았다. 즉, 뇌 구조적 문제로 인한 환시 가능성은 낮았다. 스트레스 지수를 측정하는 HRV 검사에서는 SDNN이 20ms 이하로 매우 낮게 나왔다. 이 수치는 만성적 스트레스 상태를 의미하며, "다 괜찮아요."라는 L의 반복된 대답 뒤에 얼마나 큰 긴장이 숨어 있는지 보여 주었다.

종합심리검사에서 그녀의 지능지수는 95로 보통 수준이었고, 전반적 임상척도가 높게 상승했다. 내향성, 억제된 분노, 우울감, 고통감이 뚜렷했고, 자기에 대한 지각은 패배적이고 부정적이었다. 타인에게 의존하고 보호받고자 하는 욕구는 강했으며, 이는 그녀가 보여 주는 조심스러움과 혼란의 밑바탕에 자리하고 있었다. 한편 조현병 등 정신병의 가능성은 낮게 나타났다. 결국 모든 걸 고려해 보자면 L의 환시는 심리적 증상이 원인인 것으로 생각할 수 있었다.

종합적으로 보았을 때, 그녀의 증상은 오랜 시간 누적된 불신과 두려움, 그리고 안전한 세상에 대한 갈망이 응축된 결과였다. 이 아이에게 가장 필요한 것은, 무너신 세상이 다시 안전하게 느껴질 수 있는 경험이었다. 나는 L의 연기라는 증상이 세상에 보내는 마지막 구조 신호라는 것에 더욱 확신을 가졌다.

이런 경우 나는 아이와의 치료와 더불어 부모 상담을 권유하는 경우가 많다. 그것은 L의 어머니가 잘못했기 때문이 아니라, 어머니 자신의 상처가 아이에게 안전을 제공하는 것을 가로막고 있을 가능성이 있기 때문이다. 아이에게 부모는 세상의 전부이기에, 정신과 의사의 백 마디 위로보다 어머니의 따뜻한 눈길 한 번이 훨씬 강력한 치료가 되곤 한다. 그래서 부모를 돕는 것이 결국 아이를 가장 효과적으로 돕는 방법일 때가 많고, 또 그렇기 때문에 부모 상담을 권유하는 것이다.

그러나 안타깝게도 L의 어머니는 부모 상담을 거절했다. "일하느라 시간이 없다."며, "나는 약 먹고 많이 좋아졌다."고 선을 그었다. 아마 자신이 잘못했다는 듯한 느낌을 피하고 싶었던 것일지도 모른다. 그녀는 자신이 잘못한 것도 없고, 지금 할 수 있는 것도 없다는 투로 이야기했다. L의 어머니는 L의 증상이 '정신과'—즉, '치료의 영역'이라고 믿고 있었고, 그렇기 때문에 L의 치료를 정신과 전문의인 나에게만 맡기고자 했다. 결국 나는, 세상을 믿지 못하고 모든 것을 괜찮다고 말하는, 그러나 그 말의 반대편에서 구조를 기다리는 아이와 단둘이 남게 되었다.

· · ·

나는 평소 대부분의 면담에서 환자가 자신의 이야기를 최대한 자연스럽게 흘려보낼 수 있도록 조용히 흐름을 따라간다. 치료자가 서두르거나 길을 막으면, 마음속에 잠겨 있던 감정과 기억들이 표면으로 올라올 기회를 잃기 때문이다.

그러나 L과의 면담, 특히 그 초반은 달랐다. 그녀는 입술을 열고 닫는 동작만 반복하며 말을 하지 않았다. 질문을 던져도 머뭇거리는 숨소리만 들릴 뿐이었다.

나는 L을 바라보며 그녀가 얼마나 오랜 시간 세상을 경계하며 살아왔는지를 느낄 수 있었다. 어쩌면 나 역시 그 경계의 바깥에 있는 어른일 뿐일지도 모른다. 관계를 맺기 위한 최소한의 연결고리를 찾아야 했다. 그 연결고리가 없다면, 아무리 정교한 개입을 해도 그것은 공중에 흩날리는 말에 불과하다.

나는 그녀가 숨을 고를 수 있는 시간을 충분히 주었다. 침묵이 길어져도 개입하고 싶은 충동을 억눌렀다. 때때로 고개를 끄덕이며 시선으로 괜찮다는 메시지를 전했고, 짧은 한마디로 대답해도 된다고 다독였다. 아이가 방어를 풀 수 있는 공간을 마련하는 것, 그것이 내가 할 수 있는 첫 번째 치료였다.

다음은 L과의 초기 면담의 일부이다.

치료자 : 와 주었구나. 고맙다, L. 오는 길은 괜찮았니?

L : 네. 괜찮았어요.

나는 그녀의 대답이 너무 짧아 한순간 표정을 읽으려 했다. 몸은 말라 있었고 어깨는 축 처져 있었지만, 표정은 읽기 어려웠다. L은 시선을 바닥에 둔 채 대답을 마쳤다.

치료자 : 그래. 처음 면담을 하게 되면 누구라도 마음속에 여러 가지 생각이 들기 마련이거든. L도 혹시 무슨 생각 했던 게 있니?

L : 아니요… 그냥 아무 생각 없었어요.

"아무 생각 없다." 이 말은 정말로 마음을 닫아 버렸거나, 아니면 말하고 싶지 않다는 신호였다. 나는 그걸 더 묻지 않았다.

치료자 : 그렇구나. 그럼 본격적인 이야기를 나누기 전에, 선

생님이 몇 가지 설명을 하고, 한두 가지 부탁을 해도 괜찮을까?

L : 네….

치료자 : 혹시나 해서 하는 말인데, 대부분의 아이들이 이런 공간에 처음 오면 '혼나는 건 아닐까?' 하는 생각을 많이 하거든. 어른들은 흔히 "도와줄게."라고 말하면서도 결국은 혼내는 경우가 많으니까. (웃음)

그런데 이곳은 정말 L이 어떤 마음을 가지고 있고, 어떤 생각을 하는지를 함께 나누는 곳이 되었으면 하거든. 선생님은 L을 도와주기 위해 여기에 있으니 그걸 꼭 기억해 줬으면 좋겠어.

L : 네….

나는 그녀의 대답 뒤에 작은 한숨 같은 숨소리를 들었다. 그 것이 동의인지, 체념인지, 아니면 그냥 숨을 고르는 소리인지 알 수 없었다.

치료자 : 그리고 하나 부탁하고 싶은 건… 선생님이랑 함께

있는 동안엔 떠오르는 생각을 무엇이든 말해 줬으면 해. 사소한 거든, 심각한 거든, 전부 괜찮아. 여기서 중요한 건 '선생님에 대해서 드는 생각'도 말해 주면 더 좋다는 것이야. 예를 들면, 선생님 말투가 로봇 같다거나, 머리 스타일이 별로라거나 하는 그런 것들. (웃음) 대신 선생님도 선생님 마음속에서 일어나는 생각이나 느낌을 L에게 솔직하게 이야기할게.

L : 네. 알겠어요. 그렇게 할게요.

그녀의 말에는 여전히 힘이 없었지만, 이번에는 조금 더 선명하게 들렸다.

치료자 : 아, 그리고 마지막으로, 여기서 나눈 이야기는 모두 비밀이 유지될 거야. 선생님은 L의 허락 없이 보호자에게 아무 말도 하지 않을 거거든. 다만 아주 특별한 상황—예를 들어, L이 스스로를 해치려 하거나, 다른 사람에게 위험을 줄 수 있는 경우—그럴 땐 보호자에게 이야기할 수밖에 없어. 이걸 지금 미리 말하는 이유는, 나중에 L이 선생님을 믿고 말했는데 뒤늦게 배신당했다는 느낌이 들지 않았으면 해서야. 괜찮니?

L : …네.

치료자 : 고마워. 그럼 이제, 천천히 이야기를 나눠 볼까. 혹시 지금 떠오르는 생각이나 이야기하고 싶은 게 있을까?

L : 없어요…. 잘 모르겠어요. (침묵)

긴 침묵이 방을 채웠다. 나는 그 침묵을 억지로 깨고 싶지 않았다. 하지만 오늘은 첫 면담이었다. 나는 조심스럽게 목소리를 열었다.

치료자 : 선생님은 원래 상담할 때 L이 말이 없을 땐, 그 침묵도 하나의 표현이라고 생각하고 그냥 기다리는 편이야. 하지만 오늘은 첫 면담이니까, 선생님이 먼저 주제를 하나 꺼내 볼까 해. 괜찮지?

L : 네….

치료자 : 고마워. 사실 대부분 마음의 어려움은 인간관계에서 시작되는 경우가 많거든. 혹시 요즘, 아니면 예전에 L을 많

이 힘들게 했던 사람이나 상황이 떠오르는 게 있을까?

◆━━━●━━━◆　　**스크립트 끝**　　◆━━━●━━━◆

그 뒤로 L은 초등학교 5학년 때 자신을 괴롭혔던 한 남자아이에 대한 이야기를 조심스럽게 꺼냈다. 그런데 그녀의 말투는 이상할 정도로 아무렇지 않아 보였다. 마치 그저 재미없는 옛날이야기를 회상하듯, 무표정하고 담담했다. 그 순간 나는 알 수 있었다. L의 말투가 담담한 것은 그것이 진짜 아무렇지 않아서가 아니라, 그 기억을 무덤처럼 봉인해 둔 채 마치 그 위를 조심스레 걸어가듯 이야기하고 있었기 때문이라는 것을.

그 아이는 당시 L의 짝꿍이었다. 어느 날 그는 갑자기 L에게 빌려준 5천 원을 돌려달라고 요구했다고 한다. L은 돈을 빌린 적이 없다고 말했다. 하지만 그 남자아이는 막무가내였다. 목소리를 높이고 윽박지르며 돈을 내놓으라고 협박했다.

L은 너무 억울하고 무서웠지만 아무 말도 하지 못했다고 했다. 눈물이 멈추지 않는데도, 말을 꺼낼 용기가 나지 않았다고 했다. 선생님이 자초지종을 물었지만, L은 아무런 설명도 하지 못한 채 끝내 울기만 했다고 했다. 그리고 그녀는 그때부

티 마음이 조금씩 우울해신 섯 같다고 말했다.

이야기는 거기서 끝난 듯 보였다. 그러나 L은 이후 면담에서도 몇 차례 더 그 남자아이의 이야기를 반복했다. 같은 장면, 같은 기억을 조금씩 다른 표현으로 꺼내놓았다. 마치 자신의 현재 불행의 원인을 그 아이에게 기대어 고정하려는 듯한 인상이 들었다. 그 기억을 붙들고 있어야 자신의 고통이 설명될 것 같은, 그런 느낌이었다.

어느 날 나는 L에게 조심스럽게 물었다.

"그때, 엄마에게는 말하지 않았니?"

L은 짧게 대답했다.

"말하지 않았어요. 그냥요…."

특이할 만한 점은, 그 질문 뒤로 L이 다시는 그 남자아이 이야기를 꺼내지 않았다는 점이다. 나는 순간, 무언가를 건드려서는 안 되는 곳을 건드렸다는 것을 직감했다. L의 표정이 서서히 굳어 가며, 말할 수 있는 거리에서 물러나는 느낌이 들었다.

그때부터 내 머릿속은 풀리지 않는 질문들로 복잡해졌다. 그전까지는 자신을 괴롭힌 남자아이 이야기를 자주 꺼내던 L

이었다. 그런데 '엄마에게의 도움 요청'이라는 주제가 나온 순간 이야기가 멈춰 버렸다.

왜 L은 그런 억울한 일을 겪고도 엄마에게 말하지 않았을까?

혹시 한 번도 엄마가 자신의 말을 들어 주지 않았기 때문일까?

아니면 엄마에게 말했지만 무시당했던 것일까? 그래서 그 기억을 지워 버린 것일까?

나는 이 질문들을 L에게 물을 수 없었다.

그러한 질문 자체가 L에게 또 다른 폭력이 될 수 있다는 생각이 들었기 때문이다. 아직은 막연했지만, 그 당시 나에게는 분명 그렇게 느껴졌다.

그 이후로 L은 대부분의 면담 시간을 감정과는 무관한 이야기들로 채워 갔다. 마인크래프트로 지은 집 이야기, 색칠한 그림 이야기, 유튜브에서 본 영상, 그리고 코스튬 게임 이야기가 이어졌다. 하나같이 가볍고 단편적인 이야기들이었다.

면담이 시작되고 20분쯤 지나면 이야깃거리가 바닥나곤 했다. L은 조용히 앉아 '무슨 말을 더 해야 하지?'라는 표정으로 시계를 흘끔 바라보다, 시간이 되면 조심스레 문을 열고 나갔다.

나 역시 답답함을 느끼지 않을 수는 없었다. 그러나 그럼에도 불구하고, 나는 L의 그 어떤 사소한 이야기에도 귀를 기울이려 애썼다. 왜냐하면 다시 말하지만 내게는 말보다 중요한 것이 관계이기 때문이었다.

그리고 그녀의 사소한 일상에 관심을 기울이는 것이야말로, 관계를 위한 유일한 다리처럼 느껴졌다.

나는 그렇게 기다리고 있었다.

L이 언젠가는 자신의 마음속 이야기를 들려주기를.

내가 개입하지 않아도, 침묵과 단절을 뚫고 스스로 건너오기를.

· · ·

L은 7회기에서 처음으로 자신의 마음을 조금 더 깊이 들여다보는 이야기를 꺼냈다. 그동안은 자신의 상태를 건조하게 묘사하거나, 일상적인 사실만을 짧게 전달하는 데 그쳤던 L이었기에 그 순간은 쉽게 잊히지 않는다. 말이 길지도 않았고, 특별히 극적인 내용도 아니었다. 그러나 그 몇 마디는 L이 스스로의 감정을 의식하고 표현하는 데까지 나아왔음을 보여 주는 작은 증거였다.

L이 한 말은 솔직히 나를 조금 곤란하게 만들기도 했는데, 치료자로서 어떻게 반응해야 할지 잠깐 머뭇거릴 만큼 의외의 방향으로 흘러갔기 때문이다. 하지만 동시에 그것은, 우리가

이제 단순히 증상과 대처라는 안전한 영역을 넘어서, L의 진짜 마음에 조금씩 닿을 수 있는 지점에 도달했음을 의미했다.

◆ ━━━━━ ◆ ━━━━━ ◆   스크립트 시작   ◆ ━━━━━ ◆ ━━━━━ ◆

L : 저… 사실은요… 약을 왜 먹어야 하는지 모르겠어요. 아침마다 엄마가 약 먹었냐고 물어보고, 안 먹었다고 하면 화내요. 제가 목구멍이 남들보다 작은지 알약 삼키는 게 힘들어요. 그리고 약 먹고 나면, 아무리 빨리 삼켜도 쓴맛이 남잖아요. 그게 계속 입안에 맴도는 것 같아서… 그 느낌이 너무 싫어요.

치료자 : (살짝 고개를 끄덕이며) 약 삼키고 남는 쓴맛… 선생님도 정말 싫어해. L은 약 먹는 게 많이 힘드니?

L : 네. 그리고 솔직히 약 먹고 나아진 것도 없거든요. 속만 더부룩한 것 같고… 그냥 먹나 안 먹나 똑같아요. 근데 왜 자꾸 먹어야 하는지 모르겠어요.

치료자 : (조심스럽게 톤을 낮추며) 그랬구나. 약을 먹어도

효과가 없다고 느꼈던 거네. 정말 도움이 안 된다고 느꼈다면, 쓴 약을 계속 먹는 건 싫을 수도 있지. 그럼, L은 약을 계속 먹고 싶지 않은 거야?

L : 그냥⋯ 왜 먹어야 하는지 모르겠어요.

치료자 : (잠시 허공을 바라보다가) L이 약을 먹는 게 이렇게 힘든 줄은 몰랐어. 솔직하게 말해줘서 정말 고맙다.

그 순간 나는 꽤 깊은 고민에 빠졌다. 정신과 진료에서 약을 거부하는 환자와, 약을 먹게 하려는 의사의 팽팽한 줄다리기는 흔한 장면이다. 어쨌든 나는 L의 증상 호전을 위해 약을 권해야만 하는 입장이었다. 그러나 지금 이 상황에서 치료자의 역할만을 앞세워 약을 권한다면, L이 어렵게 꺼낸 마음을 덮어버릴 것만 같았다.

나는 알고 있었다. L이 나에게 이 이야기를 꺼내기까지 얼마나 많은 용기를 냈는지를. 그녀에게 약은 단순히 '쓴 약'이 아니었다. 정신과 의사인 내가 처방한 약이었고, 그 약을 거부하는 말은 어쩌면 내 치료 자체가 무의미하다는 메시지일 수도 있었다. L은 타인에게 자신의 욕구를 표현하는 데 늘 어려움을 겪었고, 이 말을 치료자인 나에게 꺼내는 것이 혹시 나를 상처 입히지 않을까 걱정했을 것이다.

그럼에도 그녀는 나를 '상처 입지 않고 받아 줄 수 있는 사람'이라 믿었고, 마침내 자신의 마음을 내보인 것이다. 나는 이 용기 있는 시도가 반드시 응답받아야 한다는 생각이 들었다. 그리고 무엇보다, 약을 억지로 복용하는 것보다 그녀와의 관계를 쌓아 가는 상담 치료가 더 본질적인 회복에 도움이 될 것이라는 믿음이 들었다.

치료자 : (천천히 숨을 고르고) 그럼 우리, 당분간 약 없이 상담 치료만 해 보면 어떨까?

L : (조금 놀란 듯 눈을 크게 뜨며) 정말요…? 그래도 돼요? 근데 엄마가 약 먹으라고 할 텐데….

치료자 : 그건 선생님이 엄마를 설득해 볼게. 선생님이 이렇게 말하는 이유는, 약이 L에게 전혀 필요 없다고 생각해서는 아니야. 하지만 지금은, 약보다 L과 선생님의 관계가 더 중요하다고 느껴졌거든. L이 용기 내서 이야기해 줬으니까, 선생님도 그 마음을 존중하고 싶어.

대신 약속 하나만 해 줄 수 있니?

L : 어떤 약속이요?

치료자 : (시선을 맞추며) 만약 면담을 하다가, 선생님이 정말 약이 필요하다고 판단하게 되는 순간이 오면… 그땐 다시 L에게 약 복용을 권할 거야. 그리고 반대로, L도 나중에 '이젠 약이 필요할 것 같다.'라는 생각이 들면, 그때는 꼭 말해 줬으면 해.

L : (잠시 생각하다가) 네. 그렇게 할게요.

스크립트 끝

이 회기 이후, 나는 L의 어머니에게 조심스럽게 약물 치료를 잠시 중단하고 상담 중심의 치료를 이어 가 보자고 제안했다. 예상대로 L의 어머니는 불안을 감추지 못했다. "혹시라도 아이가 더 힘들어지면 어쩌죠?"라는 질문이 반복적으로 나왔다. 그러나 내가 아이가 처음으로 자기 마음을 표현했고, 그 마음이 받아들여지는 경험을 주는 것이 중요하다고 설명했을 때, 그녀는 깊이 숨을 내쉰 뒤 고개를 끄덕였다.

사실 정신과 진료에서 약물은 때때로 절대적 원칙처럼 여겨진다. 특히 L처럼 아직 어리고 표현이 적은 아이에게 약물은 일종의 '거스를 수 없는 규칙'처럼 작용할 수도 있다. L이 후에 이 시기를 회상하며 "그때 진짜로 약을 안 먹게 될 줄은 몰랐어요."라고 말했던 것도 그런 맥락일 것이다. 약물 중단 결정은 그만큼 그녀에게 예상치 못한 경험이었다.

그러나 그날, L은 처음으로 정신과 치료라는 전문적 영역에서도 자신의 말이 받아들여질 수 있다는 사실을 체감했다. 누군가에게는 사소해 보일지 모르지만, 그녀에게는 내가 말한 것이 현실을 바꿨다는 강력한 메시지였다. 그날을 기점으로 나는 마침내 그녀 마음의 더 깊은 층으로 들어갈 수 있었다.

약을 중단하기로 한 당시 내 판단에는 여러 요소가 있었다. 그녀의 증상이 조현병이라기보다는, 삶의 궤적과 관계 맥락 속에서 비롯된 것이라는 판단도 있었지만, 그보다 더 중요한 것은 내가 치료자로서 확신하는 한 가지 원칙이었다. 세상을 믿지 못하는 아이에게 신뢰를 보여 주려면, 먼저 그 아이를 존중해야 한다는 것. 약물 중단 결정은 치료 전략이라기보다, 그녀에게 보여 줄 수 있는 나의 작은 존중의 시작이었다.

약물 중단 결정의 긍정적 결과라고 확언할 순 없지만, 그 이후 몇 번의 회기가 지난 후에 L은 처음으로 어머니에 대한 부정적인 감정을 표현하기 시작했다. 물론, 그것은 그녀의 내면을 보여 주는 창과 같은 것이었지만, 직접적으로 표현하는 것이 버거웠는지 L은 '꿈'을 통해서만 그 감정을 표현할 수 있었던 것 같다. L은 마치 죄를 고백하는 사람처럼 조심스럽게 단어를 고르고 있었다.

그녀는 내 앞에서 거의 숨도 쉬지 않는 것처럼 보였다. 표정과 말투, 눈빛 모두 긴장에 휩싸여 있었고, 그 안에는 깊은 갈등과 죄책감이 소용돌이치고 있었다. 나는 그 모습이 마음 아팠지만 한편으로는 이해할 수 있었다. 아마 L에게 엄마는 이 세상에서 마지막으로 남은 버팀목이었을 것이다. 그 버팀목이 폭력적이거나, 무심했거나, 자신을 충분히 보호하지 못했더라도, '안전한 존재로서의 엄마'는 그녀의 무의식 속에서 무너뜨릴 수 없는 존재여야만 했다. 그것이 그녀의 생존 방식이었다. 적절한 표현일지는 모르겠지만, '썩은 동아줄'일지라도 아예 없는 것보다는 낫다.

그렇기에 L이 치료실이라는 아주 제한된 공간 안에서 그 버팀목의 일부에 작은 금을 내고, 그 금을 나에게 조심스레 보여 주었다는 건 엄청난 의미를 가진다. 그것은 그녀가 더 이상 모든 것을 혼자 감당하려 하지 않겠다는 선언이었고, 나와의 신뢰가 한층 깊어졌음을 보여 주는 증거였다.

다음은 당시의 회기이다.

→ •━━━━━━━━━━• 스크립트 시작 •━━━━━━━━━━• ←

L : 꿈에서요… 악인, 그러니까 살인자 같은 사람이 절 쫓아왔어요. 근데 엄마는… 제가 아무리 말해도 믿어 주지 않았어요. 아무도 저를 믿어 주지 않았어요. 도망치고 싶은데, 엄마가 있어서 혼자 도망칠 수도 없고… 어떻게 말하면 믿어 줄까 계속 생각했어요.

결국 그 살인자가 절 쫓아왔고, 저는 도망쳤어요. 근데 엄마는… 그냥 그 자리에 남아 있었어요. 아무것도 모르니까요. 어차피 저만 쫓아오고 있었으니까… 그래서 저는 계단 아래로 계속 도망쳤는데, 계단이 끝나질 않았어요. 계속, 끝없이… 그렇게 꿈에서 깼던 것 같아요.

울었었나?… 기억이 잘 안 나요.

나는 그녀의 긴 이야기를 차분히 들었다. 말하는 내내 L의 목소리는 흔들렸고, 두 손은 무릎 위에서 소용히 맞물려 있었다. 그녀는 감정을 숨기려 애쓰는 듯했지만, 꿈속에서 느낀 답답함과 두려움이 대화 사이사이 새어 나왔다.

치료자 : 정말 무섭고도 답답한 꿈이었겠다. 그 순간을 다시 떠올리면 숨이 막히는 것처럼 느껴질 것 같아. 지금, 그 꿈을 다시 떠올려 보면 어떤 마음이 드니?

L : 음…

그녀는 한참 동안 말을 고르지 못했다. 눈길이 허공을 향해 흔들렸다.

L : 어떤 부분에 주목해야 할지 모르겠어요. 생각은 여러 가지가 드는데, 어느 방향으로 말해야 할지 잘 모르겠어요. 꿈에서 엄마가 제 말을 안 믿었잖아요. 근데 그 엄마는 꿈속 인물이니까… 현실의 엄마랑은 다르잖아요?
그래서… 진짜 엄마에게 화를 내야 하는 건지, 아니면 꿈속 가짜 엄마에게 희망을 품은 게 제 잘못인 건지… 그걸 잘 모르겠어요.

나는 그녀의 혼란스러운 시선을 마주 보았다. 그 눈에는 질문과 죄책감이 뒤섞여 있었다. 그녀는 엄마에게 느끼는 부정적 감정을 꿈속 인물에게 전가하려는 듯 보였다. 그러나 동시에, 그 가짜 엄마를 통해 현실의 엄마에게 느꼈던 외로움과 배신감을 간접적으로 말하고 있는 것도 분명한 듯했다.

✦⸺⸺⸺✦ 스크립트 끝 ✦⸺⸺⸺✦

L의 꿈속 장면은 명백히 생존의 위협을 상징하고 있었다. 그녀는 살인자에게 쫓기듯 절박한 상황에 놓여 있었고, 그 절체절명의 순간에 가장 의지하고 싶은 엄마는 그녀의 말을 믿어 주지 않았다. 꿈의 장면은 단순한 허구가 아니었다. 현실 속에서 그녀의 엄마 역시 그녀의 고통을 온전히 알아차리지 못했던 기억들이 무의식의 심연에 각인된 채, 꿈이라는 방식으로 다시 떠오른 것 같았다.

그 꿈은, L에게 있어 단순한 악몽이 아니라 현실에서 반복된 좌절의 정서적 재현이었다. 하지만 그보다 더 안타까운 건, 꿈속에서도 L이 '엄마가 믿어 주지 않은 것은 내 잘못일지도 모른다.'며 자신을 탓하는 모습이었다. 아이로서의 권리를 빼앗

긴 아이는 부모가 자신을 돌보지 못했을 때조차 그 원인을 자신에게서 찾는다. 그것은 1장에서 이미 언급했던 슬픈 역설이었다.

그럼에도 불구하고 나는 이 장면에서 한 줄기 가능성을 보았다. L은 이제 처음으로 자신과 엄마의 감정을 분리해 보기 시작했다. 꿈속에서라도 엄마가 내 말을 안 믿었다고 말할 수 있었고, 현실의 엄마와 꿈의 엄마 사이에서 혼란을 느끼면서도 스스로를 되짚어 보려는 노력을 했다. 그건 분명 아직은 아픈 과정이지만, 조심스럽게 경계선을 그어 가는 움직임이었다. 그리고 그런 시도는, 아이가 처음으로 '나의 세계'를 만들어 가기 시작하는 순간이기도 했다.

L의 내면이 조금씩 열리기 시작한 그 시점부터, 나는 면담 이후 어머니와의 짧은 피드백 시간을 더욱 중요하게 여기게 되었다. 긴 심층 면담을 진행할 시간은 없었지만, L과의 면담이 끝난 뒤 10분 남짓— 그 짧은 시간 동안 나는 반드시 L의 어머니와 이야기를 나누려 했다. 그 10분은 단순한 피드백의 시간이 아니었다. 나는 그것을 치료의 연장선이라 믿었고, 어머니가 변화의 동력이 될 수 있는 중요한 접섬이라고 생각했다.

· · ·

어느 날, 어머니는 내게 이렇게 말했다.

"애가 처음으로 집에서 소리를 지르면서 울었어요. 깜짝 놀랐는데… 뭐, 이제 사춘기니까요. 그러려니 했죠."

나는 어머니의 그 '그러려니'라는 반응을 오히려 칭찬하며 말을 이어 갔다. 누구나 성장하려면 영양분이 필요하듯, L에게는 지금 무조건적으로 받아들여지는 경험이 절실한 시기라고 설명했다. 아이가 집에서 감정을 표출하는 건, 어쩌면 처음으로 마음을 보여 주는 시도일 수 있다고.

"혹시 엄마 입장에서 조금 이해되지 않더라도, 치료의 일부라고 생각해 주세요. 우선은 L의 감정을 믿고 받아 주는 것이 치료에 큰 도움이 될 거예요."

나는 최대한 진심을 담아 이렇게 설명했다. 어머니는 내 말을 진지하게 받아들였다. 그날 그녀의 표정에서 미묘한 변화가 느껴졌다. 아마도 그 무렵 L의 교실에 대한 두려움이 조금씩 회복되고 있었고, 그 즈음부터 '연기' 이야기가 거의 사라진 것도 그녀가 내 말을 신뢰할 수 있었던 이유였을 것이다.

그렇듯, 어머니의 작은 수용과 기다림이 L에게는 삶을 조금 더 숨 쉴 수 있게 해 주는 공간이 되었다. 그 조그마한 틈을 통해 L의 마음은 아주 천천히 그러나 분명히 움직이기 시작했다. 그리고 그 변화는 결국 치료실에서도 감지될 수 있었다. 그녀는 엄마와의 이야기를 조금씩 더 꺼낼 수 있게 되었고, 과거와 현재의 복잡한 감정을 서서히 말로 정리하기 시작했다.

　다음은 40회기 차의 일부이다.

⟡━━━━━━━━━⟡　　스크립트 시작　　⟡━━━━━━━━━⟡

　L : 어렸을 때 이야기인데… 한 초등학교 6학년 때였나? 엄마가 제 방이 더럽다고 하셨어요. 제가 항상 지저분하게 해 놨다면서요. 그래서 저한테 묻지도 않고 인형 같은 걸 다 버리셨어요. 제가 아끼던 조그만 인형들, 인형 옷들, 그리고 그걸 넣어 뒀던 작은 옷장까지… 그게 다 버려졌을 때 너무 속상했어요.

　치료자 : L의 의사와 상관없이? L이 많이 아끼던 것들이었니?

　L : 그때는 막 아끼는 물건이랄 것도 별로 없었는데, 그냥… 제가 정이 많아서요. 그 인형들, 인형 옷들에도 정이 들어 있었어요. 괜찮은 것도 많았고요.

치료자 : 그건 정말 속상했겠다. 단순히 물건을 버렸다는 문제가 아니잖아. L이 애정을 가지고 있던 걸, 아무 말 없이, 내 의사와는 상관없이 버린 것이니까.

L : 저 아닌 다른 사람들 눈에는 그냥 별거 없는 인형이었을 수도 있어요. 별 의미 없는 물건, 인생에 큰 지장도 없는 그런 거요. 그런데 저한텐 추억이 쌓여 있는 물건이었거든요.

그래도… 납득은 해요. 제가 청소 안 해서 그랬으니까요. 그래서 엄마가 청소하겠다며 인형들을 버리신 거였어요. 속상하긴 했는데… 그 나이에 엄마한테 어떻게 대들겠어요. 그래서 그냥 울었어요. 계속 울었어요.

엄마는 그 와중에 제가 울고 있으니까 "그럼 그중에서 하나는 남겨 줄 테니까, 고르라."고 했어요. 근데… 못 골랐어요. 그냥 울기만 했어요.

치료자 : 그땐 그런 걸 생각할 겨를도 없었을 거야. 당황스럽고, 마음이 너무 혼란스러웠을 테니까.

L : 그리고… 뭘 골라야 할지도 모르겠고요. 버려야 할 게 산더미인데, 그 사이에서 단 하나만 고르라니… 음, 좀 더 극단적

으로 말하자면요— 가족이 여러 명 있는데 그중 하나만 남기고 나머지는 다 버리라고 하는 거랑 같잖아요. 그걸 어떻게 골라요.

치료자 : 인형이 단순한 물건이 아니라 L 자신의 존재의 일부였다고 느낄 수 있었겠다. 어린 나이에는, 마치 내 존재 자체가 부정당하는 것 같은 느낌이 들었을 수도 있을 것 같아.

✦ ────────── ◆   스크립트 끝   ◆ ────────── ✦

나는 그 순간 L의 표정을 기억한다. 그녀는 말끝마다 숨을 고르며 감정을 억제하려는 듯 보였다. 그러나 눈가와 목소리에는 당시의 상처가 아직도 생생히 남아 있었다.

어린아이는 부모의 행동을 쉽게 해석하지 못한다. 방이 지저분해서 물건을 버렸다는 부모의 행동 뒤에 깔린 의도와 맥락을 파악하기보다는, 그 경험을 자신의 존재와 연결 지어 받아들이곤 한다.

"엄마가 내 인형을 버렸다 = 내가 소중하지 않다"

아이의 마음에는 이런 식의 단순하고도 무거운 공식이 새겨지기 쉽다.

나는 그녀의 이야기를 들으며, 그날의 인형들이 단순한 물건이 아니었음을 느꼈다. 그것은 L의 정체성과 기억이 담긴 상징이었고, 그래서 하나만 고르라는 엄마의 말은 L에게 너무 잔인한 선택처럼 다가왔을 것이다.

그렇기 때문에, L은 그 기억을 지울 수밖에 없었고, 그것을 떠올리는 것만으로도 너무 아팠을 것이다. 어린 시절의 상처는 때로 그렇게 깊게 묻혀 버린다. 하지만 L은 조금씩 그 기억들을 되살리고 있었다. 마치 오래된 서랍 속에 넣어 둔 상자 하나를 조심스레 꺼내는 것처럼, 그녀는 나와의 면담 공간에서 그 상자 뚜껑을 조금씩 열고 있었다. 그것은 여전히 무겁지만 힘 있는 발걸음을 한 발씩 내딛는 과정이었다.

나는 이 시기를 L과의 면담에서 중요한 전환점으로 보았다. 왜냐하면 이때부터 L은 자신과 어머니를 조금 더 구분해서 바라보기 시작했기 때문이다. 이전에는 어머니를 비판하는 것만으로도 죄책감을 느껴 말을 멈추곤 했지만, 이제는 치료자인 내 앞에서 좀 더 구체적으로 어머니의 행동을 비판적인 시선으로 이야기할 수 있게 되었다. 그것은 단순히 엄마에게 분노를 표출하는 것이 아니라, 자신과 타인의 경계를 조심스럽게 인식하기 시작했다는 증거였다.

특히 주목할 만한 점은, 이 시기 동안 나는 L과 '대인관계 기술'이나 '감정 조절 훈련' 같은 구체적인 기법을 따로 연습하지 않았다는 것이다. 그럼에도 불구하고 L의 대인관계는 조금씩 호전되는 모습을 보였다. 부당하게 착취당하던 친구와의 관계에서 자신만의 의견을 표현하기 시작했고, 자신의 요구를 조금 더 명확히 말하는 법을 배워 가고 있었다.

L의 어머니 또한 변화의 조짐을 알아차렸다. "예전보다 우울한 기색이 덜하고, 표정도 더 나아졌어요." 그녀는 이렇게 말했다. 과거에는 식사 도중 사소한 말 한마디에 얼굴이 굳고 곧장 자기 방으로 들어가 몇 시간씩 나오지 않던 일이 잦았는데, 그런 일이 눈에 띄게 줄어들었다는 것이다.

이는 얼핏 보기에는 역설처럼 보일 수 있다. 힘든 기억을 떠올리는 것이 오히려 현재의 증상을 완화시키는 것처럼 보이기 때문이다. 하지만 나는 오히려 그 반대라고 생각했다. 회복은 힘든 기억을 떠올릴 수 있을 정도로 L의 내면이 안정과 성숙을 찾아 가고 있었기 때문일 것이다. 더 이상 그 기억을 무조건 억누르고 회피하지 않고, 마주 보고 정리할 수 있는 힘이 생겨나고 있다고 생각했다.

．．．

　하지만 모든 치료가 그렇듯, L이 증상의 완화만 겪는 것은 아니었다. 기존 증상의 호전과 동시에 L은 갑자기 오른쪽 무릎에 힘이 빠진다며 절뚝이는 걸음걸이를 보이기 시작했다. 그런데 이 이야기는 L에게서 직접 들은 것이 아니라, 어머니를 통해 알게 되었다는 것이 중요한데, L이 나와의 면담 중에는 한마디도 이 증상에 대해 언급하지 않았던 것이다.

　어머니는 걱정스러운 얼굴로 말했다. "정형외과를 다녀왔는데 아무 이상이 없대요. 그런데 계속 절뚝거리니… 이럴 땐 어떻게 해야 하나요?"

　나는 잠시 말을 고르고 이렇게 답했다.

　"치료 과정에서는 때로 증상이 나아지기도 하고, 다시 나빠지는 것처럼 보일 수도 있습니다. 하지만 L의 경우엔 전반적으로 상향 곡선을 그리고 있는 것 같아요. 넘어지거나 걷지 못할 정도로 심각하지 않다면, 지금은 모른 척해 주는 편이 오히려 좋을 것 같습니다."

　내가 그렇게 판단한 데에는 L의 삶의 역사가 있었다. 우선 정형외과에서 이상 소견이 없었다는 건 이 증상이 신체적인 것이 아니라 심리적인 표현이라는 뜻이다. L은 늘 자신의 감정을 신체 증싱으로밖에 표현할 수 없었던 아이였다. 영유아기 시절의 불안을 울음으로밖에 표현할 수 없었고, 초등학교 시절 따돌림을 겪을 때도 그녀는 복통과 두통으로 그것을 드러냈다.

나는 그 어린 시절의 장면을 떠올렸다. 아마 L은 수없이 도움 요청을 시도했을 것이다.

"나 너무 힘들어."

"엄마가 무서워."

하지만 그 말들은 번번이 무시당했거나 충분한 반응을 얻지 못했을 가능성이 크다. 그 결과, L의 마음 어딘가에는 이런 각인이 남았을 것이다. '언어적 도움 요청은 반응을 일으키지 못한다.' 반면 복통이나 환시 같은 신체 증상은 엄마를 움직였다. 병원에 데려가고, 보호자가 반응하게 만들었다. 그래서 그녀의 무의식은 감정은 몸을 통해서만 표현될 수 있다는 방식을 몸에 새기게 되었을지 모른다.

그렇다면 왜 이 시점에, 무릎이라는 방식으로 그 감정을 표현했을까? L의 전반적인 상태는 좋아지고 있었다. 우울과 불안은 완화되고 있었고, 대인관계도 조금씩 회복되고 있었다. 그러나 동시에 그녀는 여전히 혼자 서기엔 두려움이 많았다. L에게는 아직도 '도움을 줄 누군가'가 필요했고, '병원에 와야 할 이유'가 필요했다.

만약 그녀의 증상이 완전히 사라져 버린다면, L은 더 이상 병원에 올 이유를 잃게 된다. 그것은 아직 그녀에게 너무 벅찬 일이었을 것이다. 아마 그 두려움이 그녀의 무의식으로 하여 금 무릎의 힘이 풀리는 증상이라는 새로운 신체 표현을 만들 어 내게 했을지 모른다. "나는 아직 홀로 서기엔 너무 벅차요." 그녀의 무릎은 그렇게 말하고 있는 듯했다.

나는 이 증상의 의미를 군이 깊이 파고들 필요는 없다고 판 단했다. 오히려 이 절름거림은 L에게 심리적 목발과 같았다. '아직은 치료자 곁에 있어도 괜찮다.'는 안정감의 상징일 수 있 다. 그리고 우리의 치료 목표는 최종적으로 L이 '몸'이 아니라 '대화'로 도움 요청을 하게 하는 것이다. 그렇기에 이번에는 그 녀의 몸으로 표현되는 도움 요청에 응답하지 않는 것이 더 낫 다고 판단했다. 응답은 언제나 강화를 수반하므로…

나는 그녀의 걸음을 따라가고 싶었다. 그녀가 나에게로 걸 어올 준비가 될 때까지 기다려 주고 싶었다. 그래서 어머니에 게도 이렇게 말했다.

"이건 L이 나아지고 있다는 증거일지도 모릅니다. 지금은 조 용히 기다려 주시는 편이 더 좋겠습니다."

그 기다림 끝에, 마침내 L의 입에서 처음으로 이런 뉘앙스의 말이 흘러나왔다.

"이젠, 나 스스로도 좀 견뎌 보고 싶어요."

54회기, 정확히 치료 시작 1년이 지난 시점이었다.

나는 그 말을 들으며 알았다. L의 무릎은 이제 우리 치료의 종착지를 향해 조금씩 힘을 되찾고 있다는 것을.

◆━━━━◆ 스크립트 시작 ◆━━━━◆

L : 잠 못 자는 거… 말씀드렸잖아요. 그래서… 뭐 의견이 다르실 수도 있겠지만, 혹시 수면제나 신경안정제 같은 약이 있으면 어떨까 싶었어요. 신경안정제는… 그 이상한 생각들이 들기 전에 먼저 잠들게 해 줄 것 같고, 우울증 약은… 잠이 안 들더라도, 머릿속에 떠오르는 잡생각을 좀 막아 줄 수 있을 것 같아서요.

치료자 : (조금 놀라면서도 반가운 미소를 지으며) 혹시 그렇게 느끼게 된 계기가 있었니?

L : 사실 수면 패턴이 완전히 망가졌어요. 오늘도 거의 못 잤고… 어제 마지막으로 잠든 시간이 새벽 6시 10분이에요. 그 정도면 엉망이 된 거죠.

(잠시 침묵)

근데… 그냥 이대로 살 순 없잖아요.

치료자 : 그랬구나. 이해했다. 선생님이 느끼기엔 무언가 스스로를 지키고 싶다는 마음이 느껴지는 것 같은데 맞니?

L : 네. 솔직히 약은… 정말 먹기 싫은데, 그래도 지금 이 상태로 살기는 어려울 것 같아요. 아침에 너무 피곤하고 학교도 가야 되는데, 그 상태면 학교에서 항상 졸아요. 지금 또 시험기간인데 이번 주는 시험공부를 하고 다음 주는 시험을 치거든요. 이렇게 계속하는 건 좀 아닌 것 같아요. 이렇게 살면 건강도 망가질 거고… 요즘 피부도 안 좋아졌어요. 밤에는 잠을 못 자고 낮잠이 전부여서 그런 것 같아요.

치료자 : 어떤 의미인지 충분히 이해돼. L에게 나를 지키려는 용기가 생긴 것 같아. 근데, 선생님이 L이 약 먹는 걸 얼마나 힘들어했는지 잘 아니까… 조금은 걱정도 되는구나. 그러

니, 아주 약한 약부터, 하루 한 번만 먹는 걸로 시작해 보는 건 어떨까?

　L : 네, 좋아요.

　치료자 : 사실 말했다시피 선생님이 L이 이전에 약에 대해 어떻게 느꼈는지 알고 있잖아. 그래서 이렇게 말해 준 게 정말 큰 용기처럼 느껴져. 그리고 L이 L의 의견을 솔직하게 얘기해 준 것도 정말 고마워. 우리 관계가 그만큼 더 신뢰에 바탕을 둔 관계가 된 것 같은 그런 느낌이 드는구나.

　L : 다행이네요. 사실 뭐… 이게 가벼울 만한 얘기는 아니잖아요. 오늘 좀 기다렸어요. 이 얘기 해야겠다고 결심했는데… 계속 말 못 하고 딴 얘기 하다가 돌아와서 얘기한 거거든요.

　치료자 : 그래, 정말 고맙다. 혹시 약에 대해 뭐 궁금한 건 없니?

　L : 그냥… 딱히 없는 것 같아요. 예전에 먹어 봤으니까…

치료자 : 그렇구나. 그래도 혹시나 약을 먹었을 때 이 약은 나랑 안 맞는 것 같다거나, 바꾸고 싶다거나 하는 생각이 들면 지금처럼 언제든 솔직하게 얘기해 줄 수 있니?

L : 네, 그럴게요. 효과에 대해선 제가 잘 모를 수도 있으니까… 며칠 먹어 보고 별로다 싶으면 말씀드릴게요. 선생님이 약에 대해서는 더 잘 아시니까요.

스크립트 끝

이 회기에서 L이 약을 복용하겠다고 말한 것은 단순히 약에 의지하겠다는 뜻이 아니었다. 그보다는 분명히, '이제는 내 스스로 나를 돌보고 싶다.'는 강한 의지의 표명인 것 같았다.

치료 초기에 L에게 약이란, '내 마음을 이해하지 않은 채 감정을 억지로 끌어올리려는 물질'이었고, '믿을 수 없는 세상에서 믿을 수 없는 사람들이 내게 권하는 것'이었다. 무엇보다도, '거부하고 싶지만 거부할 수 없는 어떤 것'이었다. 그녀에게 약은 타인의 권위와 통제의 상징이자, 어쩔 수 없이 받아들여야 하는 강제성의 도구였다.

하지만 이번에는 달랐다. 그 누구의 권유도 없이, L은 스스로 약을 복용하고 싶다는 의견을 내비쳤다. 나에게는 그 순간이 짧지만 강하게 남았다. 약에 대해 이야기하는 L의 목소리에는 체념이 아닌 결심이 담겨 있었고, 그 결심은 자기 돌봄에 대한 첫 주체적 선택처럼 느껴졌다.

덧붙이자면, 나는 정신과 진료에서 약물 치료가 매우 중요하고 필수적인 도구라고 믿는다. 나 역시 삶의 어느 순간 약의 도움을 받았고, 실제로 그것은 큰 힘이 되었다. 그러나 수술도 마취 없이 진행되면 해가 되듯, 약 역시 심리적 수용 준비가 없는 상태에서는 해악이 될 수 있다고 생각한다. 그리고 너무나 신기하게도, 똑같은 약 일지라도 '환자가 이 약에 갖고 있는 느낌'이 그 효과에 영향을 주는 경우가 굉장히 많은 걸 느낀다. 그리고 환자가 약에 대해 갖고 있는 느낌이 긍정적일 수 있는 결정적 요소는 바로 치료자와의 관계일 것이다.

이날의 L은 분명히 준비가 되어 있었다. 이전의 L에게 약은 '믿을 수 없는 사람이 주는, 불편하고 위험한 것'이었지만, 이제는 '믿어도 되는 사람이 권한, 나를 도울 수 있는 방법'이 되었다고 생각했다. 그리고 나는 그 변화가 단순히 약에 대한 태도의 변화가 아니라, 관계 속에서 형성된 신뢰의 확장이라고 느꼈다.

나는 그 과정 전체가, '내가 내 삶을 책임지고 싶다.'는 L의 성장의 증거라고 생각했다.

사실 이 시기, L은 이미—소수긴 하지만—몇몇 친구와 안정적인 관계를 맺고 있었고, 더 이상 교실에서 '연기'를 보지도 않았으며, 장기간 이어졌던 우울감에서도 꽤 많이 회복된 상태였다. 만약 L이 먼저 이야기를 꺼내지 않았다면, 나 역시 약물 치료를 권하지 않았을 것이다.

하지만 L은 자신의 말로 "이대로는 안 된다."고 선언했다. 그 말은 단순한 요구가 아니라, 자기 삶에 대한 책임감 있는 개입처럼 느껴졌다. 나는 그녀가 보여 준 절박함과 성숙함에 깊이 공감했고, 그 마음을 충분히 존중하고 싶었다. L과의 치료는 이런 면에서 다른 치료와 다르게 역설적인 부분이 있는데, 내가 진정으로 L에게 약이 필요하다고 느꼈던 순간에는 L에게 약을 처방하지 않았고, 내가 이제는 약이 없어도 되겠다고 느꼈을 때는 약을 처방하게 된 것이다. 하지만, 이것이 그녀로 하여금 신뢰의 발판이 되었음은 분명하다.

· · ·

약물 치료 이후, L의 수면 패턴은 점차 회복되었다. 밤 10시에서 11시 사이에 자연스럽게 잠드는 습관이 생겼고, 아침 기상도 이전보다 훨씬 안정적이었다. 나는 그녀에게 일반적인 진정제나 수면제를 처방하지 않았는데, 그렇기 때문에 이러한 긍정적 변화는 단순히 약의 효과 때문만은 아니라고 생각했다.

아마도 그것은 L이 처음으로 품게 된 믿음 때문이었을 것이다. 내가 나를 도울 수 있다는 믿음. 이 믿음은 약의 효과보다 더 강력했고, 그녀의 일상 전체를 조금씩 회복시키는 원동력이 되었다.

약물 치료와 상담 치료를 병합하면서 L의 증상의 호전 속도는 이전보다 한층 더 빨라졌다. 아마 이것은, 스스로의 삶을 개척해 보는 발걸음을 옮긴 경험이 있는 자만이 느낄 수 있는 특권이었을 것이다. 성장하기 시작하면, 그 성장에는 반드시 가속도가 붙는다.

다음은 면담 1년 6개월이 지난 시점의 내용이다.

스크립트 시작

치료자 : 선생님이 오늘 이야기를 들으면서⋯ 조금 앞서가

는 걸 수도 있지만, 왠지 L의 마음 안에서 세상을 향한 창이 아주 조금씩 열리고 있다는 느낌이 들어.

L : (옅게 웃으며) 아직은 티 날 정도로 많이 열리지는 않았지만요.

치료자 : 응, 맞아. 하지만 그런 작지만 강한 힘이 있다는 게 느껴져.

L : (작게 웃으며) 댐도 사실 한 번에 무너지는 게 아니라 조그만 구멍 하나에서부터 시작되잖아요.

치료자 : 그래, 정말 중요한 말이다. 정말 중요한 말을 해 주었다.

나는 그 순간 L이 내게 건넨 비유의 힘을 느꼈다. 그것은 자기 마음의 변화를 이미 느끼고 있다는 고백처럼 들렸다. 아주 작은 구멍 하나지만, 그 구멍은 언젠가 큰 변화를 만들어 낼 수 있다는 확신이 담긴 말이었다.

L : 사실 선생님이랑 이야기하면서 여러 가지 생각을 하게 되는 것 같아요. 이런 이야기들… 보통의 관계에서는 잘 꺼낼 수 없잖아요. 그런데 여기에서는 이상하게… 별로 깊게 생각하려고 하지 않아도, 평소에는 떠오르지 않던 이야기들이 자연스럽게 나오는 것 같아요. 그러다 보면 저도 몰랐던 제 생각을 새롭게 알게 되고요.

치료자 : 그건 아무래도 L과 선생님이 서로 솔직하게 만나려고 했기 때문일 거야. 그 시간들이 이런 대화를 가능하게 해 줬던 것 같아.

L : 맞아요. 그리고 선생님은 뭔가… 제가 미처 생각하지 못했던 지점들을 말해 주시는 것 같았어요. '아, 그렇게 생각할 수도 있겠네….' 싶은 말들이요. 그런 말들을 들으면 집에 가서도 자꾸 떠올라요. '음… 그럴 수도 있겠다.' 하고요. 그게 신기했어요.

치료자 : L이 그렇게 말해 주니까 선생님도 참 고맙다. 우리 사이가 단지 대화만 나누는 게 아니라… 마음 깊은 곳에서 서로 연결되어 있었다는 느낌이 들어.

L : (잠시 눈을 내리깔며 미소를 짓고) 네… 감사해요. 뭔가… 좋았던 것 같아요.

나는 그 말을 듣는 순간, L의 눈빛이 그동안의 시간을 말해 주고 있다는 걸 느꼈다. 이 자리는 단순히 증상을 이야기하고 처방을 조율하는 곳이 아니었다. L에게 이곳은 안전하게 자기 마음을 열어 볼 수 있는 곳이었고, 나에게는 그녀가 한 발 한 발 앞으로 나아가는 걸 지켜볼 수 있는 귀한 공간이었다.

◆━━━━━━━━ ━ 스크립트 끝 ━ ━━━━━━━━◆

이후 고등학교 진학과 동시에 L과의 심층 면담은 종료하기로 하였다. 현재 L은 한 달에 한 번씩 병원을 찾아 짧은 면담을 이어 가고 있는데, 그녀의 표정과 말투는 이전보다 훨씬 힘이 있어 보였다. 이제는 제법 외모에도 관심을 갖게 되어, 새로운 헤어스타일을 시도하거나 예쁜 액세서리를 자랑하는 모습을 보이기도 했다. 나는 그런 L의 모습을 볼 때마다, 그 아이가 마땅히 누려야 할 그 나이의 권리를 되찾은 것만 같아 진심으로 기뻤다.

L과의 치료는 내가 예상했던 것보다 훨씬 빠르고, 다소 극적으로 이루어졌다. 나는 그 이유를 생각해 보지 않을 수 없었는데, 그 이유를 다음과 같은 몇 가지로 생각한다.

우선, L의 어머니는 경제적 어려움과 지속적인 우울감 속에서도 L을 끝까지 지켜 낸 사람이었다. 물론 생애 초기에 24시간 보육원에 맡겼다거나 하는 다소 방임의 흔적이 있었던 것도 사실이다. 그러나 아이가 언어 발달에 어려움을 겪는 것을 눈치채고 곧바로 집으로 데려왔으며, 신체적 불편감에 대해서는 적극적으로 반응했다. 미숙했지만, 그 나름대로의 애정을 일관되게 표현해 온 것이다.

무엇보다 중요한 점은, 미혼모라는 상황 속에서도 끝까지 L을 버리지 않고 함께했다는 사실이다. 나는 이 점이 L에게 '그래도 나는 완전히 버려지지 않았다.'는 근본적인 심리적 기반을 형성해 주었다고 믿는다. 치료를 위한 최소한의 지반이 있었던 셈이다. 이 심리적 기반은 아이가 혼란과 두려움 속에서도 치료자의 관계를 받아들일 수 있게 한, 보이지 않는 토대였을 것이다.

또한 L에게는 '성인 남성'에 대한 심리적 외상의 기억이 없었다는 점도 중요하게 작용했을 수 있다. L은 아버지와의 기억이 전무한 상태였고, 그 외 다른 성인 남성에게 학대를 받은 경험도 없었다. 덕분에 나라는 성인 남성 치료자와 보다 편안하고 진실된 관계를 맺을 수 있었던 것이다. 나는 이 점을 치료자의 역량이라기보다는 우연이라는 요소가 준 큰 행운이라고 생각한다. 관계 형성이 시작되는 초기 단계에서 불신의 장벽이 높지 않았던 것은 치료의 속도를 결정짓는 요인이었다.

마지막으로 나는 L이 지닌 타고난 회복탄력성과 용기를 말하고 싶다. L은 초등학교 시절 따돌림을 당하면서도 집에서는 "내가 그 애를 손과 발로 때려 줄 거야."라며 엄마를 안심시키곤 했다. 이는 분명 감정을 직접적으로 표현하지 못했던 억압의 흔적일 수 있지만, 동시에 자신보다 더 약한 존재에게 안정감을 주기 위한 강한 정신력의 발현이기도 했다.

L은 특유의 인내심으로 자신의 한계를 끝까지 밀어붙였고, 결국 그 압력이 '환시'라는 신체 증상으로 나타나긴 했지만, 치료 과정에서 그 인내심은 반대로 그녀의 회복과 성장을 이끄는 강력한 힘이 되었다. 자신의 내면 깊숙한 상처를 마주했을 때에도 무너지지 않고 스스로를 견뎌 낼 수 있었던 힘. 나는 그것이야말로 L이 지닌 가장 놀라운 자원이었다고 생각한다.

나는 종결 회기 이후에도 L의 얼굴을 떠올릴 때마다 늘 같은 감정을 느낀다.

'우리가 함께한 시간은 지나갔지만, 그 시간들이 L의 삶을 지

탱해 줄 힘으로 님아 있을 것이다.'

　치료자는 경험의 일부가 될 수 있을 뿐, 아이의 인생을 대신 살아 줄 수는 없을 것이다. 그러나 적어도 L과 나 사이의 시간이, 그녀가 스스로를 지켜 내고 살아갈 수 있는 힘을 조금이나마 키워 준 시간이었다면, 나는 그것으로 충분하다.

3장

버티는 법에서 살아가는 법으로

39세의 C를 처음 보았을 때, 내게 가장 먼저 들어온 인상은 '자신을 꼭 붙잡고 있는 사람'이라는 것이었다. 단정한 정장 안에 몸을 밀어 넣은 듯, 그 모습은 지쳐 있었지만 쉽게 무너지지 않겠다는 결연함이 묻어났다.

퇴근 후 학교에서 여덟 살 딸을 데리고 온 그녀는 진료실 문을 조심스럽게 열었다. 그녀의 얼굴에는 긴 하루를 마친 흔적이 그대로 남아 있었다. 그러나 그 지친 기색 뒤로는 긴장된 표정이 묘하게 섞여 있었다. 나는 그 표정을 아직도 기억한다. 무너질 듯하면서도 끝내 버티겠다는 결심이 깃든 얼굴이었다.

"아이가 ADHD인 것 같아서요. 검사를 해 보고 싶어요."

C의 목소리는 조심스러웠지만 그 안에 단호함이 있었다. '이 문제만큼은 분명히 해결하고 싶다.'는 의지가 느껴졌다. 그녀 옆에 서 있는 아이는 산만하기보다는 오히려 경직되어 보였다. 큰 눈망울로 나를 똑바로 바라보던 아이의 표정은 이렇게 말하는 듯했다.

'선생님도 나를 혼낼 건가요?'

그녀에 의하면 아이가 지시를 한 번에 이해하지 못해 여러 번 설명해 줘야 하고, 실수를 반복한다고 말했다. 또 아무리 혼을 내도 고쳐지지 않는다고 했다. 말을 덧붙이는 그녀의 표정에서 나는 지친 엄마가 가진 전형적인 두 가지 감정을 읽을 수 있었다. 아이에 대한 답답함과, 그 답답함을 느끼는 자신에 대한 죄책감.

"남편도 어릴 적에 ADHD 기질이 있었던 것 같아요. 그래서 더 걱정돼요. 혹시 아이가 그걸 닮은 게 아닐까 해서요."

그녀는 남편 이야기를 하며 어쩐지 작은 한숨을 쉬었다. 마치 이 문제의 원인을 스스로 설명해야 하는 듯했다. 나는 아이의 학교생활에 대해 물었고, 그녀는 잠시 망설인 뒤 대답했다.

"학교 선생님은 크게 지적하지 않지만… 제가 보기에는 애가 잘 못 따라가는 것 같아요."

아이를 관찰해 보니, 면담 내내 조용히 잘 앉아 있었다. ADHD 아이들에게 흔히 보이는 과잉행동이나 꼼지락거림은 거의 없었다. 다만 조금 지루해 보이는 표정으로 발을 동동 구르거나 손을 만지작거리는 모습이 간헐적으로 보일 뿐이었다.

종합심리검사 결과는 겉보기와는 다소 다른 이야기를 담고 있었다. 아이의 전체 지능은 99로 측정되었지만, 당시 아이의 긴장 상태와 일부 소검사에서 보여 준 안정된 수행을 고려할 때 실제 잠재력은 115~120 수준, 즉 '보통 상' 범주에 해당할 가능성이 높았다.

기초 언어 능력과 수리력은 모두 '우수' 수준으로 평가되었다. 전반적인 인지 기능도 양호했다. 하지만 연산 속도는 또래보다 다소 느린 편이었고, 반복적인 계산 과제를 귀찮아하거나 싫어하는 경향이 나타났다. 그러나 이것은 병리적인 의미를 부여할 정도는 아니었다. 8살이라는 발달 연령을 고려하면, 충분히 정상 발달 범위 안에 들어가는 모습이었다.

주의력과 관련된 결과는 조금 더 애매했다. 다소 부주의한 경향과 주의 집중의 어려움이 나타나긴 했지만, ADHD로 진난할 만큼의 임상적 수준은 아니었다. 나는 검사 결과지를 보며 잠시 생각했다. 종합심리검사에 의하면 C가 걱정했던 ADHD는 이 아이의 가장 큰 어려움이 아니었다.

오히려 더 뚜렷하게 관찰된 부분은 정서적인 영역이었다. 아이는 사고와 지각의 과정에서 실제 자극보다 주변 상황이나 타인을 더 부정적이거나 위협적으로 지각하는 불안 성향을 보였다. 스트레스 상황에서 정서적 통제력이 낮았고, 작은 자극에도 쉽게 상처받는 정서적 취약성이 관찰되었다.

자존감은 낮았다. 자신을 부적절하게 지각하며, 자신의 가치를 잘 느끼지 못하는 모습이었다. 특히 검사 과정에서 작성한 '소원' 문항이 인상적이었다. 아이는 이렇게 적었다.

'똑똑해지고, 돈이 많아지고, 명문 대학교에 가는 것.'

여덟 살 아이의 표현치고는 지나치게 조숙했다. 나는 그 문장을 읽는 순간 마음이 서늘해졌다. 그 나이라면 "인형을 더 많이 갖고 싶어요." "엄마랑 더 놀고 싶어요." 같은 소망이 자연스러운데, 이 아이는 이미 성인의 목표와 경쟁 논리를 받아들이고 있었다. 그만큼 자신이 지금의 모습으로는 충분하지 않다고 느끼고 있다는 뜻일지도 몰랐다.

이러한 검사 결과를 들은 C는 조용히 물었다.

"그럼… 어떻게 하면 좋을까요?"

이러한 질문은 언제나 나를 멈칫하게 한다. 아이는 분명 우울증으로 진단될 정도는 아니지만, 정서에는 분명한 무게가 있었다. 하지만 이 무게를 정신과적 치료로 접근해야만 하는 정도냐 하면 또 그것도 아니었다. 약물 치료는 당연히 불필요하고, 여덟 살 아이가 이곳에 정기적으로 방문하며 '치료 비슷한 무엇'을 반복하는 것이 아이의 마음에 좋은 영향을 끼칠 수 있을지조차 의문이었다.

"나는 무언가 잘못된 존재야. 그래서 나는 치료를 받아야 하는 거야."

나는 아이에게 그런 낙인을 남기고 싶지 않았다. 지금 이 아이에게 가장 필요한 것은 치료가 아니라 스스로가 '괜찮은 아이'라는 느낌을 받을 수 있는 환경, 즉 안정감인 것 같았다.

하지만 '안정감'이라는 그 말을 꺼내는 순간, 나는 언제나 말의 저울 위에 서게 된다.

가령 "아이의 정서가 조금 흔들리고 있지만 정신과 치료가 필요한 정도는 아닙니다. 다만, 안정된 가정환경이 정서적 회복에 큰 도움이 될 것입니다."라고 내가 말했다고 해 보자.

이 문장을 입 밖에 내는 순간, 동시에 나는 이렇게 말하고 있는 것처럼 느껴질지도 모른다.

"지금 당신은 엄마로서 충분하지 않습니다. 좋은 가정환경을 제공해 주지 못하고 있어요."

아무리 내가 조심스레 말을 골라도, 안정된 가정환경이라는 말은 너무 막연하고, 때로는 잔인하다. 나중에서야 알게 되었지만, C는 아이의 미래를 위해 워킹맘으로 일하며, 육아를 도맡고, 교육적 자극을 주기 위해 자신을 소진시키고 있었다. 그녀는 그 누구보다 아이를 위해 싸우는 사람이었다. 도대체 그보다 더 무엇이 필요하다는 걸까.

아이와 함께 실시한 부모 심리검사 결과는 C의 내면을 조심스레 보여 주고 있었다. 감독과 과잉기대, 성취 압력 항목에서 높게 나타난 점수는 단지 아이에게만 향하는 것이 아니었다. 그것은 C 자신이 자기 삶에서 살아온 방식이기도 했다.

그녀는 늘 누군가의 기대에 부응하며 살아왔을 것이다. 사회에서, 직장에서, 가정에서. 그리고 그 방식을 아이에게도 그대로 적용하고 있었다. 아이는 그 압박을 말없이 느끼고 있었고, 그 무게가 아이의 정서적 안정감을 조금씩 갉아먹고 있었을지 모른다.

나는 그 사실을 알게 되었고, 조심스럽게 말했다.

"혹시… 엄마 자신이 요즘 어떤 마음으로 지내고 계신지, 저와 한번 이야기해 보는 건 어떨까요?"

그 말에는 단순히 엄마도 상담을 받아 보라는 의미 이상의 것이 담겨 있었다. 아이의 정서적 어려움의 이면에는 엄마의 지친 마음이 있었다. 엄마가 조금이라도 숨을 돌릴 수 있는 시간, 자신을 돌볼 수 있는 여유를 갖는 것이 아이에게도 가장 중요한 치료적 환경을 만들어 줄 수 있었다.

다음은 그때의 면담이다.

스크립트 시작

C는 내 말을 듣고 잠시 눈을 깜빡이며 나를 바라봤다. 예상하지 못한 질문이라는 것이 얼굴에 그대로 드러났다.

C : 아… 저요?

그녀는 곧 눈을 피하며 작게 웃었다. 웃음이라기보다는 어색한 방어에 가까웠다.

C : 아니, 뭐… 서노 요즘 좀 힘들긴 했죠. 근데… 저는 괜찮아요.

치료자 : 지금 바로 뭐 치료를 하자거나, 진단이 필요하다는 뜻은 전혀 아니에요.

나는 부드럽지만 명확하게 말을 이었다.

치료자 : 그냥, C님 자신이 요즘 어떤 마음으로 하루하루를 살고 계신지, 한 번쯤 말로 풀어 볼 수 있는 시간이 있어도 좋지 않을까 해서요.
사실… 엄마라는 자리는, 기댈 곳이 잘 없잖아요. 가끔은, '누군가에게 내 마음을 말할 수 있다.'는 사실만으로 숨이 조금 트일 때가 있어요.

나는 한 박자 쉬었다가 덧붙였다.

치료자 : 그리고 사실 엄마가 위로받는 게 아이에게도 가장 큰 위로가 되는 경우가 많거든요.

스크립트 끝

C는 조용히 "한번 생각해 볼게요."라고 말했다. 그러나 그 말의 톤에서 나는 그녀가 쉽게 상담에 응할 것 같지 않다고 느꼈다. 그녀의 표정은 담담해 보였지만, 그 안에는 뭔가 굳게 닫힌 마음의 문이 있었다. 나는 그 문을 억지로 열어젖히고 싶지 않았다.

나는 왠지 그녀가 혼자 짊어지고 있는 삶의 무게를 알 것 같아 마음이 쓰였다. 그러나 그건 어쩌면 내 오만일 수도 있었다. 그녀는 누구보다 자신의 일을 사랑하며, 삶을 성실하게, 그리고 의미 있게 개척해 나가고 있을지도 모른다. 어쩌면 그녀의 '완벽함'은, 스스로를 더 높은 곳으로 끌어올리는 추진력이었을지도 모른다. 그날 지쳐 보였던 그녀의 표정 역시 단지 어젯밤 잠을 설쳤거나, 와인 한 잔의 여운일 수 있었다.

그래서 나는 그 이상 어떤 말도 덧붙이지 않았다. 다만, 아이에게는 약물 치료가 필요하지 않으며, 만약 아이가 자발적으로 즐겁게 참여할 수 있다면 놀이치료를 병행해 보는 것도 한 방법이라는 정도만 조심스럽게 안내했을 뿐이었다.

· · ·

하지만 몇 개월이 지난 어느 날, 전혀 예기치 못한 삶의 파도가 그녀를 흔들어 놓았다. 그리고 C는 결국 면담을 결심하게 되었다.

C는 39세의 워킹맘이었다. 동갑인 남편, 여덟 살 딸과 함께 살고 있었다. 시어머니는 남편과 만나기 전 이미 세상을 떠났고, 시부모 중에는 시아버지만 남아 있었다. 남편은 몇 차례 시아버지와 가까운 곳으로 이사하자고 제안했지만, C는 자신의 직장에서 멀어지는 것을 이유로 단호히 거절했다.

직장을 핑계 삼았지만, 실상은 명확했다.

'일하면서 아이 키우기도 벅찬데, 시아버지까지 내가 돌볼 순 없다.'

지극히 합리적인 생각이었다.

그러던 어느 날, 시아버지가 전립선암 판정을 받았다. 처음에는 단순한 배뇨 불편 증상이었다. 하지만 시아버지는 증상을 아무에게도 알리지 않았고, 병원에도 가지 않았다. 통증이 시작된 후에도 약국에서 산 진통제로 버텼다. 몇 년이 지나서야 동네 비뇨기과를 방문했고, 의사는 PSA 수치(전립선암의 지표)가 비정상적으로 높다며 큰 병원 진료를 권유했다.

그제야 시아버지는 아들에게 이 사실을 알렸고, C도 남편을 통해 그 사실을 처음 듣게 되었다. 전립선암은 비교적 예후가 좋은 병이라는 말을 들었기에, 그때까지는 희망이 남아 있었다.

하지만 정밀검사 결과는 달랐다. 암은 이미 골반과 허벅지 뼈까지 전이된 상태였고, 수술은 불가능했다. 기대했던 '느린 암'은 없었다. 남겨진 선택지는 고된 항암치료뿐이었다.

그즈음부터, C는 남편의 표정과 태도가 달라졌음을 느꼈다. 남편은 점점 그녀의 눈을 피했고, 혼자 한숨을 쉬는 일이 많아졌다. 그녀는 남편의 상황을 이해하려 했다. 갑작스레 중병에 걸린 아버지를 감당하며 혼란스러울 거라고, 그래서 자신이 더 잘 도와줘야겠다고 마음먹었다.

하지만 남편이 처음으로 C를 향해 불만을 드러낸 것은, 시아버지가 항암치료 부작용으로 온몸에 발진이 나고 남편이 시아버지를 데리고 응급실에 다녀온 어느 밤이었다. 남편은 그날, 시아버지의 전립선암을 C의 탓으로 돌렸다.

"우리가 곁에만 있었어도 이렇게 되진 않았을 거야. 당신이 끝까지 이사 가는 걸 거부했잖아."

남편의 말은 칼날처럼 그녀의 가슴을 찔렀다. C는 어떤 말을 해야 할지 몰라 그저 멍하게 남편을 바라볼 뿐이었다.

그날 이후, C는 불면에 시달리기 시작했고 전반적인 무기력감이 지속되었다. 무엇을 해도 즐겁지 않았고, 그동안 애써 꾸려 왔던 요리나 집안일조차 버겁게 느껴졌다.

상담을 결심한 결정적인 계기는 딸에게 이유 없이 화를 낸 그날이었다.

컵을 깼다는 이유로 아이에게 소리를 지르고 있는 자신의 모습과, 두려움에 울고 있는 딸의 얼굴을 거울 속에서 마주한 순간, C는 자신이 낯설고 무섭게 느껴졌다.

그녀는 거의 눈물이 날 뻔했다.

"내 안에서 무언가가 잘못된 것 같다."

그렇지만 무엇이, 어디서부터, 어떻게 어긋난 것인지 알 수 없었다. 그리고 도움을 받아야 한다면 그걸 어디서, 어떻게 받아야 할지도 막막했다.

결국 C는 약이라도 먹어 보자는 생각으로 병원에 찾아왔고, 우리는 그때부터 정기적인 치료를 시작하게 되었다.

나는 그녀에게 아주 소량의 항우울제만 처방했다. 나는 C가 외부의 스트레스로 인해 뇌의 신경전달 체계에 과부하를 걸고 있으며, 그 결과 지나친 부정적 호르몬이 분비되고 있었다고 보았다. 나는 우선 그 폭주를 조절해 줄 필요가 있다고 생각했기 때문에, 약을 처방하긴 했지만 소량만 처방했던 것이다.

또 내가 약을 소량만 처방한 이유는, 그녀에게서 자신을 스스로 회복시키려는 상한 의지가 느껴졌기 때문이었다.

즉, 그녀는 약물만으로 회복되어서는 안 된다. 회복된다면 거기에는 반드시 '그녀 자신의 힘'이 들어가야만 한다고 나는 막연하게나마 느끼고 있었다.

면담 초기에는 그녀의 어린 시절이나 성장 배경에 대한 이야기는 거의 다루지 않았다. 그것은 그 시점에서는 불필요하거나, 심지어 해가 될 수 있다고 느꼈기 때문이다.

그녀는 지금 심리적 위기 상황에 빠져있다. 비유하자면, 수영을 할 줄 모르는 사람이 강물에 빠진 것이나 마찬가지이다. 물에 빠진 사람에게 당장 필요한 건 수영을 가르치는 게 아니다.

우선은 그를 건져내고, 안전한 곳으로 옮기고, 쉬게 하고, 영양을 공급하는 일이 먼저다. 수영을 가르치는 일은, 그다음에 해도 늦지 않다.

그래서 치료 초반 약 3개월간의 면담은 거의 무조건적으로 그녀의 입장을 지지하고, 편들고, 공감해 주는 방향으로 흘러갔다. 그것은 내가 그녀의 생각과 판단에 전적으로 동의했기 때문은 아니었다. (드물긴 하지만 나 역시 환자의 의견에 동의하지 못하는 경우가 있다.)

그럼에도 불구하고 내가 그녀의 의견에 전적으로 동의하는 반응을 유지했던 것은 그 시기의 그녀에게는 무조건적으로 받아들여지는 경험이 필요했기 때문이다. 다시 한번 말하지만, 물에 빠진 자는 우선 건져져야 한다.

다만, 이 시점에서 독자들에게 꼭 덧붙이고 싶은 것이 있다.

이 시기의 면담에 대해 C와 나에 대한 도덕적 판단을 잠시 유보해 주길 바란다는 것이다.

만약 이 시기에 내가 그녀에게 도덕적으로 온당한 말이나 조언을 건넸다면, 혹은 현실적 해결책을 먼저 제시했다면, 그녀는 아마 그대로 무너져 내렸을지도 모른다.

치료자는 때로, 의도적으로 '편향된 지지'를 선택해야 했다. 그 선택이 당장은 균형을 잃은 것처럼 보일지라도, 그것이 결국 환자가 다시 스스로 설 수 있는 힘을 되찾게 만드는 과정이기 때문이다.

스크립트 시작

C : 어제는… 그냥 저녁도 하지 않았어요. 애가 집에 와서 배고프다고 하는데, 도저히… 도저히 저녁을 할 수가 없는 거예요. 그래서 그냥 치킨 시켜 주고… 남편 퇴근했을 때도 남은 거 그냥 줬어요. 남편도 한숨 쉬더니, 그냥 별말 안 하더라고요. 치우고 싶지도 않아서 그냥 그렇게 두고 먼저 잤는데, 아침에 출근하려고 나왔더니 식탁에 그대로 널브러져 있더라고요. 그냥 남은 거 다 쓰레기통에 넣고 나왔어요.

치료자 : C님께서 그동안, 엄마로서의 자신에게 얼마나 엄격하셨는지 알기에… 그 말씀 들으니까, 저도 마음이 좀 무거워지네요. 아무것도 할 수 없을 만큼, 정말 많이 지쳐 계셨던 걸 수도 있겠어요.

나는 잠시 멈추며 그녀의 표정을 살폈다.

C : 네. 그냥… 아무것도 하고 싶지가 않았어요. '내가 왜 이걸 해야 하지?' 그런 생각이 자꾸 들어요. 그동안… 바보처럼 왜 그렇게 아등바등 살았는지도 모르겠어요.

치료자 : 알 것 같아요. 어쩌면 '내가 버텨 온 시간들이 헛되지 않았으면' 하는 마음이었을지도 모르겠어요. 그런데 그것이 부정당한다고 느끼는 순간, 나 자신의 존재가 무너져 내리는 느낌이었을 수도 있잖아요.

C : …그 말이 딱 맞아요. 정말… '내가 왜 이러고 있나' 계속 그런 생각을 했던 것 같아요.

스크립트 끝

이 시기, C는 분명 우울의 한복판에 있었다. 약 없이 잠들 수 없었고, 웃는 날은 거의 없었으며, 무엇을 하려 해도 몸이 말을 듣지 않는다고 했다. 그녀의 우울은 명백했지만, 그와 동시에 나는 그 붕괴의 원인을 파악하는 것이 처음엔 다소 모호하게 느껴졌다.

엄마이자 아내, 그리고 유능한 회사원으로 늘 제 역할을 완벽하게 해내던 C가 내게는 너무 갑작스럽게 무너져 내리는 것처럼 보였기 때문이었다.

그러나 면담 3개월 차, 시아버지의 항암치료가 안정기에 접어들고, 그녀의 정서도 조금씩 회복되자 나는 비로소 그녀의 어린 시절 이야기를 들을 수 있었고, 그 모호함도 조금씩 윤곽을 드러내는 듯했다.

C는 1남 2녀 중 장녀로, 지방 소도시에서 태어났다. 부모는 이불을 파는 자영업자였고, 그녀가 중학교 3학년이던 해 IMF가 터지며 가계는 순식간에 빚더미에 올랐다. "월세는 밀리다 못해 보증금까지 사라졌었대요. 가게도 정리해야 했고…." C는 담담하게 말했지만, 그때의 공포가 아직도 마음속에 남아 있는 듯했다.

가정 형편은 좀처럼 나아지지 않았다. 고등학교 첫 기억은 체육관에서 선배들이 남기고 간 교복을 물려받는 일이었다.

"아무렇지 않은 척했지만, 너무 부끄러웠어요." 수학여행이 다가올 때면 여행의 설렘보다 회비 걱정이 먼저 그녀의 마음을 짓눌렀다. "엄마 아빠한테 말하기도 미안했어요. 그냥 안 가겠다고 말하고 싶었죠."

왜였는지, 그녀는 부모님의 부담을 덜어드리는 유일한 방법이 '공부를 잘하는 것'이라고 믿었다. 그렇게 믿었던 그녀는, 정말 그렇게 해냈다. 성적은 언제나 상위권이었고, 집에 돌아오면 집안일을 했고, 동생 밥을 챙겼고, 다시 책상 앞에 앉았다.

C의 부모는 C에게 고마워하면서도, 때로는 알 수 없는 감정으로 그녀를 대했다. 하루는 그녀가 설거지를 해 놓지 못했고, 엄마는 퇴근 후 그릇을 씻으며 혼잣말처럼 말했다.

"지긋지긋한 이놈의 집구석… 내가 나가야지…."

그 말은 집안일을 해 놓지 않은 C에게 하는 말 같았다.

"그 말이 너무 싫었어요. 엄마는 그 말을 자주 했거든요… 지긋지긋한 집구석… 그래서 부모님이 퇴근하기 전에 꼭 집안일을 끝내야만 했어요."

어린 C는 동생을 돌보고, 설거지를 마치고, 책상에 앉아 공부하는 자신의 모습을 부모에게 보여 줘야만 했다. 그것이 그녀가 가정을 지키는 방식이었다.

하지만 부모의 역할을 짊어진 어린아이가 모두 그렇듯 그녀는 중요한 순간에 자신의 중심을 잡는 것을 어려워했다. 큰 시험마다 극도의 긴장으로 인해 집중을 할 수가 없었던 것이다. 평소 잘 알던 문제도, 시험이 시작되면 머릿속이 하얘졌다. "내가 해야 하는데, 꼭 그때마다 안 됐어요. 그래서 늘 힘들었어요."

수능도 그랬다. 지망했던 학교보다 훨씬 낮은 점수를 받았다. 재수를 하고 싶었지만, 그 말을 꺼낼 용기가 없었다. "엄마 아빠는 나 때문에 힘들어하시는데, 어떻게 그런 말을 해요?"

결국 학비가 저렴한 지방 국립대에 진학할 수밖에 없었다. 그 시기, 그녀의 눈에 비친 부모는 한없이 작고 힘이 없어 보였다.

대학에 가서도 C는 부모님에 대한 알 수 없는 죄책감에 시달렸는데, '내가 좋은 대학에 못 갔기 때문일지도 모른다.'라는 문장이 항상 그녀의 머릿속에 맴돌곤 했다.

C는 그렇게 막연하게 자신을 탓했다. 그리고 그 죄책감을 조금이라도 덜고자 학비를 벌기 위해 끝없는 아르바이트를 시작했다.

나는 그녀의 이야기를 들으며 마음이 아팠다. 어린 시절의 C는 '조건 없는 사랑'보다 '조건부 인정'을 통해 존재감을 확인했던 아이였다. 부모가 무너질까 두려워 혼자 책임을 짊어지고,

완벽한 딸이라는 역할에 자신을 밀어 넣었다.

나는 생각했다.

'아, 지금의 C가 그렇게 쉽게 무너진 건 아니겠구나. 어쩌면 그동안 너무 오랫동안 버텨 왔던 것일지도 모르겠다.'

이런 배경을 가진 사람들은 성인이 되어도 '나는 무조건 잘해야 한다.'는 내면의 압박에서 자유롭지 못한 경우가 많다. 그 믿음이 추진력의 동력이 되기도 하지만, 한 번이라도 실패하거나 자신이 무너졌다고 느끼는 순간 모든 것이 의미 없게 느껴진다는 것이 문제이다.

나는 C의 현재 우울이 단지 시아버지의 병이나 남편과의 갈등 때문만은 아니라고 느꼈다. 그것은 어린 시절부터 이어져 온 자기 비난과 무조건적인 책임감의 그림자였다.

스크립트 시작

C : 대학생 때 피자집에서 알바했던 기억이 나요. 피자헛이었는데, 그땐 그런 데서 피자 한 판 먹는 게 되게 특별한 일이었거든요. 생일이나 무슨 기념일 같은 날에나 먹을 수 있었죠.

근데 거기서 일하니까, 일정 금액 이하의 메뉴는 직접 만들어서 먹을 수 있게 해 주더라고요. 처음엔 그게 너무 신기하고 좋았는데, 계속 먹다 보니까 생각보다 금방 질리는 거예요. 그래서 그때부턴 집에 싸서 가곤 했죠. 어린 동생이 그걸 보고 눈이 동그래져서 먹던 모습이 생각나요. 엄마 아빠도 피자 먹으면서 "우리 딸 덕에 호강하네~" 하시며 웃으셨고요.

그 장면이… 자꾸 생각나요. 뭐라고 설명해야 할지 모르겠는데, 그냥 자꾸 떠올라요.

치료자 : 20살이면, 법적으로는 성인이지만… 아직 참 어린 나이잖아요. 제가 느낀 게 맞다면, 그 어린 시절에 C님께서는 많은 걸 혼자 감당하려 애썼던 것 같아요.

(잠시 C의 표정을 살피며) 어쩌면 그때는… 누군가에게 기대고 싶어도, 그럴 여유조차 없었던 건 아닐까 싶어요.

C : 그냥… 뭐, 어쩔 수 없었어요. 딱히 다른 방법도 없었고요. 그리고… 그땐 저처럼 힘든 애들이 많았어요. 다들 그냥… 그렇게 살았던 것 같아요. 그리고… 부모님도 정말 힘드셨겠죠. 요즘은 제가 부모가 돼 보니까 그게 느껴져요. 그땐 진짜 버거우셨을 것 같아요. 그러니까, 제가 투정 부릴 여유가 없었어요.

치료자 : 무슨 말씀인지 알 것 같아요. 아직 어리긴 해도, 내가 사랑하는 가족이 웃는 걸 보는 것만으로도⋯ 괜찮다고 느꼈을 것 같아요.

(잠시 조심스럽게 덧붙이며) 하지만 한편으로 혹시 그 웃음을 지켜야 한다는 생각이⋯ 스스로를 더 세게 몰아붙이게 하진 않았을까 걱정도 돼요.

C : 네. 그랬던 것 같아요. 그래도 그 시기 지나면서는, 여러 가지가 조금씩 나아졌으니까요. 그래도 괜찮았던 것 같아요.

◆━━━━━━━━◆ 스크립트 끝 ◆━━━━━━━━◆

나는 C의 이야기를 들으며 마음이 아팠다.

어린 나이에 가족의 생계를 돕고, 동생의 먹는 모습을 보며 뿌듯함을 느끼는 아이.

하지만 그 뿌듯함 뒤에는 내가 힘들어도 괜찮다, 가족이 웃으면 된다는 자기희생의 마음이 깔려 있는 것처럼 느껴졌기 때문이다.

'C는 이미 가족을 위해 "완벽한 딸"이라는 역할을 선택했을

지도 모른다.'

그 선택은 그를 성숙하게 만들었지만, 동시에 마음의 여유와 기대는 조금씩 사라지고 있었을 것이다.

이 시점에서 나는 그녀에게 이렇게 묻지 않았다.

"장녀라는 이유로, 너무 많은 것을 혼자 짊어져야 했던 건 아닌가요?"

왜냐하면 이 질문은 아직 그녀에게 너무 이른 것이라고 판단했기 때문이다. 그녀의 삶에는 분명 부모로부터 비롯된 어떤 부당함이 있었을 것이다.

그러나 그녀는 아직은 그 흔적을 드러내지 않았다. 오히려, 그 상처 위에 무언가를 덧씌웠다. '좋은 딸', '자랑스러운 딸'이라는 이름으로. 그것은 그녀가 자신을 지켜내기 위해 세운, 치열한 방어의 구조물이었을지도 모른다. 어린 시절의 C는 부모에게 기댈 수 없었고, 자신이 무너질 수 없는 상황에 있었다. 그때 그녀가 선택한 방식은 '나는 괜찮다. 나는 좋은 딸이다.'라는 믿음을 끝까지 붙드는 것이었을 것이다. 그 믿음은 지금의 그녀를 만든 원동력이자 동시에 발목을 잡는 족쇄였다.

나는 생각했다. '만약 지금 이 순간 그 구조물을 건드린다면— 그녀의 정체성, 그녀가 오랜 시간 쌓아 올린 그 자부심은 무너질 것이다. 그리고 그것은, 그녀가 자신을 지켜 내기 위해

해 온 모든 노력을 부정하는 일이 될지도 모른다.'

그래서 나는 묻지 않았다. 대신 이렇게 말했다.

"당신은 정말 좋은 딸이었습니다."

"쉽지 않은 길을, 묵묵히 걸어오셨습니다."

그것이 설령 어떤 병리 위에 세워진 자기 효능감이라 할지라도, 나는 지금, 그녀와 연결되기 위해 이렇게 말할 필요가 있다고 느꼈다. 그녀가 부모를 비판할 준비가 되었을 때까지—나는 그녀가 지켜 온 세계 안에 함께 있어야만 했다.

· · ·

대학 이후에도 그녀의 살아남기 위한 필사적인 노력은 멈추지 않았다. 학비와 생활비를 모두 스스로 감당했고, 졸업과 동시에 지역의 중견기업에 취직해 곧장 돈을 벌기 시작했다.

그녀가 아직 어리다는 이유로, 월급은 고스란히 어머니가 관리했지만 그조차 그녀는 별다른 불만을 드러내지 않았다. 다만, 막내 동생의 자취방을 마련하는 데 그녀의 돈 약 2천만 원이 사용되었다는 사실을 알았을 때—그때만큼은 마음 한켠이 불편했던 것도 사실이다.

그러나 그 역시 결혼할 때 돌려받을 수 있는 돈이라고 스스로를 설득하며 넘겼다. 실제로 C는 결혼식 때 이 돈을 돌려받게 된다. 하지만 이것은 처음부터 그녀의 돈이었다. 그녀는 결혼자금을 대부분 자신의 힘으로 마련했는데, 이 점은 온전히 부모의 도움으로 결혼을 준비한 남편과는 뚜렷한 대조를 이루었다.

그녀는 남편을 처음 만난 이유를 이렇게 말했다.

"내 말에 잘 맞춰 주는 사람이었어요."

연애 시절, 그녀가 어떤 이야기를 하든 남편은 자신의 의견을 굳이 내세우지 않고 조용히 들어 주었다. 그 태도는 그녀에게 안정감을 주었고, 적어도 이 사람 앞에서는 내가 버티지 않아도 되겠다는 착각을 불러일으켰을지 모른다.

하지만 결혼 후, 그것은 '맞춰 주는 태도'가 아니라 '의욕 없는 무기력'이라는 사실이 드러났다. 남편은 여전히 그녀의 말에 동의했지만, 어떤 일도 스스로 나서서 하지 않았다. 가만히, 그저 가만히 있을 뿐이었다.

그녀는 점차 이 사람을 내가 챙겨야만 한다는 생각에 사로잡혔고, 특히 출산 이후 그녀가 감당해야 할 삶의 무게는 끝없이 불어나기 시작했다.

나는 이 과정을 들으면서 점점 더 명확하게 느꼈다.

C의 삶은 어린 시절부터 내가 버텨야만 한다는 믿음으로 설계되어 있었다. 부모를 지키기 위해, 동생을 지키기 위해 자신을 몰아붙였던 패턴은 성인이 된 지금도 반복되고 있었다.

남편에게서마저 기대를 구할 수 없게 되었을 때, 그녀는 더 이상 자신을 지탱할 버팀목을 찾을 수 없었다. 그 무게가 그녀를 지금의 우울로 몰아넣고 있는 것인지도 모른다.

◆━━━●━━━◆ 스크립트 시작 ◆━━━●━━━◆

C : 애기 12개월 때부터 어린이집에 보냈어요. 근데… 그럴 수밖에 없었죠. 저도 남편도 일을 하고 있었고, 친정엄마는 마트에서 일하시고, 시어머니는 제가 결혼하기도 전에 돌아가셨으니까요. 남편은 항상 일찍 출근해야 해서, 아이를 어린이집에 맡기고 출근하는 건 제 몫이었어요. 그때, 아이가 조그만 손으로 제 옷자락을 꼭 붙잡던 게… 아직도 기억나요.

그리고 출근하면, 일이 손에 안 잡히는 거예요. 근데 아시잖아요. 회사라는 곳이, 그런 사정을 봐주는 데가 아니잖아요. 지금 돌아보면… 그때 내가 어떻게 버텼나 싶어요. 진짜.

치료자 : C님이 감당하셨던 삶의 무게가 얼마나 무거웠을지 느껴져요. 그때 아이 손의 감촉을 아직도 기억하신다는 게… 아이를 얼마나 사랑하셨는지, 마음 깊이 전해져요. (잠시 멈추며) 혹시 그때, '나 혼자 이걸 다 짊어지고 있구나.'라는 생각도 들었을 것 같아요.

C : 진짜 그래요. 지금도 그때만 생각하면 울컥해요. 그리고 24개월 때였나… 애기가 갑자기 밤에 고열이 난 거예요. 그전에도 열은 나곤 했지만, 그날은 좀 달랐어요. 원래 열이 나면 애가 보채고 울고 그러잖아요. 근데 그날은… 울지도 못하고, 그냥 축 늘어져 있더라구요.

열을 재 보니까 39.5도였어요. 그 모습을 보는 순간, 저도 모르게 '응급실 가야겠다.' 싶었거든요. 근데 남편은… 귀찮다는 듯이, 그냥 해열제 먹이고 보자는 거예요. (눈물을 글썽이며) 그 말을 듣는데… 정말, 무슨 말을 해야 할지 모르겠더라고요.

치료자 : 어쩌면 남편의 그 말이 가족 전체에 대한 무심함처럼 느껴졌을 수도 있을 것 같아요. 내가 이토록 아끼는 아이, 그리고 나 자신에 대해… 전혀 신경 쓰지 않는 것처럼 느껴졌기에, 더 사무치셨을지도 모르죠.

C : 정말 딱 그거였어요. 무심해도 정도가 있지…. 애가 그렇게 축 늘어져 있는데, 약국 해열제 하나 먹이고 말자니요. 그래서 결국 저 혼자라도 데리고 응급실 가려고 했어요. 그랬더니 그제야 따라나서더라고요. 근데 응급실은 원래 오래 기다리잖아요. 남편은 계속 인상 쓰고 있고… 결국 입원까지는 안 해도 되는 상황이긴 했지만, 집에 돌아오는 길에 하품하면서 운전하는 거 보는데… 얼마나 밉던지…

치료자 : 알 것 같아요. 어쩌면 그날, 입원을 하냐 마냐는 사실 중요한 게 아니었을 수도 있잖아요. 정말 중요한 건, 그 상황에서 남편이 어떤 태도로 가족을 대했는가였을 거예요.

그리고 그 무심함이 C님에게는 단순한 행동 하나가 아니라, '나와 아이가 이 사람의 우선순위가 아닐 수도 있다.'는 두려움으로 느껴졌을지도 모르겠어요.

스크립트 끝

나는 그녀의 남편을 비난하지 않으려 애썼다. 하지만 그럼에도, 그녀를 위로하는 과정에서 남편에 대해 다소 부정적인 뉘앙스가 묻어났다는 점은 부인할 수 없다.

나는 진실로 남편에 대한 비난을 표현하지 않으려 애썼는데, 그 이유는, 그가 어떤 상황에 처해 있었는지, 그리고 그의 행동이 정말 그녀가 느낀 그대로의 의도를 지닌 것이었는지 확신할 수 없었기 때문이다.

그럼에도 나는, 그녀 앞에서 남편에 대한 부분적인 비판의 태도를 취할 수밖에 없었고, 그 이유는 명확했다. 그녀가 남편을 용서하기 위해서는—그리고 자기 자신을 용서하기 위해서는—무엇보다 먼저 무조건적인 지지의 경험이 필요했기 때문이다.

나는 생각했다.

'만약 지금 이 자리에서 "남편도 사정이 있었을 거다."라는 말을 덧붙인다면, 그녀는 다시 혼자가 될 것이다.'

그래서 나는 그녀의 감정을 조심스럽게 지지했고, 그녀 편에 서는 선택을 했다. 그 선택은 객관적 균형을 의도적으로 내려놓는 것이었지만, 치료자로서 나는 이 시기만큼은 그녀가 '내가 혼자가 아니다.'라는 경험을 하는 것이 더 중요하다고 느꼈다.

이후에도 C는 직장, 육아, 가사를 모두 혼자 감당했다. 그 무게는 결코 가볍지 않았지만, C는 '다들 그렇게 살잖아.'라는 생각 하나로 버텨냈다.

아이가 세 살이 되었을 무렵, C는 친정엄마의 도움을 조금 받을 수 있게 되었다.

그러나 그것은 친정엄마가 C를 돕기 위해 자발적 선택을 했기 때문이라기보다는 일하던 마트에서 더 이상 일을 할 수 없게 되었기 때문이었다. 허리 통증이 심해져 일을 그만둘 수밖에 없었던 것이다.

친정엄마는 C가 퇴근이 늦을 때나, 아이가 아플 때 곁에 있어 주었다.

하지만 매번 "허리가 아프다.", "몸이 힘들다."는 푸념이 뒤따르곤 했다.

그럴 때마다 C는 마음 한켠이 불편해졌다. 엄마의 수고를 덜기 위해 반찬을 챙겨드리거나, 저녁 준비를 하지 않도록 배달 음식을 시켜 드리기도 했다.

그런데… 이 모든 행동이 남편의 눈에 띌까 이상하게도 마음이 조마조마해졌다.

아이를 돌보는 친정엄마의 도움을 받는 것이 마치 '내 몫을 남에게 떠넘기는 일'처럼 비춰질까 두려웠다. 그리고 친정엄마에게까지 편하게 기댈 수 없다는 것을 남편에게 보여 주고 싶지 않았다.

결국 C는 아이 돌봄이라는 실질적인 도움은 얻었지만, 그 대가로는 친정엄마와 남편의 눈치를 동시에 보는 삶을 살아야 했다는 것이다.

아이가 조금씩 자라고, 친정엄마의 도움이 더해지면서 겉보기에는 가정이 조금씩 안정을 되찾는 듯했다.

그러나 그 평온은 오래가지 않았다.

남편이 어느 날, "아버지 곁으로 이사 가서 우리가 가까이 살아야 하지 않겠냐?"며 조심스레 말을 꺼냈기 때문이다.

C는 그 제안을 단호히 거절했다.

"일하면서 아이 키우기도 벅찬데, 시아버지까지 내가 감당할 순 없어."

그러나 그 순간부터, 부부 사이에 얇게 깔려 있던 균열은 걷잡을 수 없이 벌어지기 시작했다.

✦━━━━━━━━━━━━━━━━ 스크립트 시작 ━━━━━━━━━━━━━━━━✦

C : 그러니까 남편이 했넌 말은 이거예요. 우리 전세 계약이 끝나가니까, 어차피 그 전세금도 아버님이 해 주신 거거든요— 그러니 아버님 집 근처로 이사를 가서, 아버님을 좀 돌봐

드리자. 그리고… 어차피 아버님 돌아가시면 아버님 살던 집도 결국은 우리 거 될 텐데, 미리 그 동네로 이사하면 애기도 전학 걱정 없이 계속 다닐 수 있고 좋지 않겠냐고요. 머리로는 말은 맞는 것 같았어요.

그런데, 이상하게 내키질 않더라고요.

나는 지금도 일하고, 애기도 키우고, 그리고 친정엄마가 와서 애기 봐 주고 있는데— 그 동네로 이사 가면 엄마 도움도 받을 수 없잖아요. 결국 다… 제가 해야 하는 건데…

근데 남편은 집안일을 잘하는 사람도 아니고, 자기 아버님을 혼자 챙길 성격도 아니에요. 그러니까… 결국 그 몫은 또 다 저한테 오는 거예요. 그게 너무 뻔히 보이니까, 내키지가 않더라고요.

치료자 : 남편 입장에서는 아버님도 가족이지만, C님에게는 '나도 가족인데 왜 나보다는 아버님이 더 중요한가?' 하는 마음이 드셨을 것 같아요. 내가 이렇게 힘든데, 마치 그보다 아버님의 불편함이 더 중요하다는 식으로 들렸다면… 서운하셨을 거예요.

C : 정말 딱 그거였어요. 우린 이제 아이도 낳고, 가정을 새

로 꾸렸잖아요. 가장 중요한 건 우리 가족이고… 우리 집이고… 나랑 애기잖아요. 그때도 솔직히 겨우겨우 버티고 있었거든요. 이제 조금 숨통 좀 틔나 했더니… 그런 상황에서 어떻게 아버님까지 우리가 챙기냐고요. 물론, 완전히 합가하자는 건 아니었어요. 그냥 같은 아파트 단지에 전세로 들어가자… 뭐 이런 거였는데— 솔직히 말처럼 쉬운 일이 아니잖아요. 게다가 제 직장이랑도 멀어지고요. 제가 일해야 집이 돌아가는데, 그럼 저는 어떻게 하라고…

치료자 : C님에겐 너무 막막하게 들렸을 것 같아요. 나라는 사람을 고려하지 않고 던진 말처럼 느껴져서, '나는 이 집에서 도대체 어떤 존재지?' 하는 생각까지 드셨을 수도 있고요.

C : 네… 진짜 서운했어요. 근데 또 거절하고 나니까, 괜히 마음이 불편하더라고요. 미안해지기도 하고… 그러다 또 화도 나고요. '왜 이런 이야기를 꺼내지? 이제 겨우 안정을 찾아 가고 있는데… 도대체 이 사람은 왜 이럴까?' 이런 생각이 계속 들었어요.

치료자 : 그만큼 C님께서 그때 그 안정을 만들기 위해 얼마

나 필사적으로 노력해 오셨는지 느껴져요. 그걸 지키고 싶은 마음도, 충분히 이해돼요.

✦➤─────✦➤   스크립트 끝   ✦───────✦

이 시기, 부부 관계는 급격히 나빠졌다. 말이 줄었고, 눈을 맞추는 시간이 줄었으며, 함께 웃는 순간은 거의 사라졌다. 그리고 역설적으로, 부부 사이가 멀어질수록 C는 더욱 '아이를 잘 키워야 한다.'는 생각에 매달리기 시작했다.

그녀는 학교에서 나온 숙제를 꼼꼼히 검사했고, 아이에게 영어 단어를 외우게 했다. 주변에서 유명하다는 학원 프로그램과 설명회를 찾아다니며, 아이의 미래를 위해 할 수 있는 모든 것을 놓치지 않으려 애썼다. 하지만 문제는— 아이를 통해 자기 효능감을 얻으면 얻을수록, C의 눈에 아이는 점점 '부족하고 못난 존재'로 비치기 시작했다는 점이었다.

앞서 말했듯, C의 아이는 ADHD 증상이 뚜렷하지 않았고, 약물 치료가 필요한 수준의 우울도 보이지 않았다. 그럼에도 불구하고, C는 아이가 뭔가 부족해 보였고, 잘하지 못하는 것 같았고, 어딘가 문제가 있어 보였다. 나는 그 시선을 이해할 수 있있다. 사실, 그것은 난시 아이에게만 향한 것이 아니었을 것이다. 그 시선은 바로 자기 자신을 향한 시선이기도 했기 때문이다.

C는 어릴 적부터 '모든 걸 책임져야 하는 사람'이었다. 힘들다는 말도 하지 못했고, 항상 가족을 위해 희생해야만 했다. 결혼 이후에도 육아, 가사, 직장… 모든 것을 감당하며 살아왔다.

그런 그녀가 처음으로 무언가를 거절했다. 시아버지를 모시자는 남편의 제안이었다. 그녀는 분명 단호할 만큼 차갑게 그것을 거절했지만, 그 거절은 분명, 그녀의 내면 깊은 불안을 자극했을 것이다. 왜냐하면 그녀의 무의식은 속삭이고 있었을 것이기 때문이다.

'나는 옳지 못한 일을 했다. 나는 못난 며느리이고, 나는 이기적인 아내이다. 나는 가족을 외면했다.' 그녀는 자신을 그렇게 비난하고 있었을지 모른다.

그 결과, C는 마치 죄인이 속죄하듯, 더 완벽한 어머니, 더 헌신적인 아내가 되기 위해 자신을 몰아세우기 시작했다. 그것은 누가 강요한 것도 아니었고, 사회적 기준을 따르려는 것도 아니었다. 그저 살아남기 위해, 그리고 스스로가 용서받기 위해, 그녀는 자신을 채찍질하고 있었던 것이다.

나는 이 시기 C가 보여 준 완벽주의가 단순히 교육적인 열정에서 비롯된 것이 아니라는 것을 알았다. 그것은 자기 비난을 덮어 버리려는 방어이자, 자신이 무너지는 것을 막기 위한 마지막 방법이었을 것이라 추측했다.

하지만 그 채찍질은 아이에게도 영향을 미치고 있었다. 아이의 작은 실수는 C의 내면에서 '나는 나쁜 사람이다.'라는 감각을 건드렸고, 그 감각은 다시 아이를 더 몰아붙이게 했다.

이 악순환은 분명히 C와 아이 모두의 마음을 서서히 지치게 만들고 있었다.

그 노력의 일환으로 C는 아이를 나의 진료실로 데리고 왔던 것이고, 또 그렇게 끈질기게 버티던 중 시아버지의 전립선암 소식을 듣게 된 것이다.

스크립트 시작

C : 시아버지가 전립선암에 걸렸다는 말을 처음 들었을 때… 정말 손이 덜덜 떨리더라고요. 원래 시아버지랑은 엄청 친근한 사이는 아니었어요. 물론 좋은 분이시기는 하지만… 그렇다고 막 서로 연락 자주 하고 그런 건 아니었거든요. 그런데, 전립선암이라는 말을 들으니까 저도 모르게 하늘이 노랗고 토

할 것 같더라고요. 저도 왜 그랬는지 모르겠어요.

치료자 : 너무 놀라셨던 거겠죠.

C : 그리고 그 뒤로 계속 전립선암에 관련된 것만 미친 듯이 찾아봤어요. 환우 카페도 가입하고 병원도 알아보고, 뭐 전립선에 좋다는 음식도 사서 보내 드리고…

그런데, 이미 전이가 되셨다고 하더라고요. 그래서 항암치료밖에 안 된다고… 수술도 안 된다고요.

치료자 : 그 말을 들으니 마음이 굉장히 복잡하셨을 것 같은데… 혹시 어떠셨는지 말씀해 주실 수 있으세요?

C : 모르겠어요…. 그냥… 괜히 내가 잘못한 건가 싶고… 눈물이 날 것 같은데, 왠지 울면 안 될 것 같은 느낌이었어요. 항암치료 하고 나서 처음에 아버님 온몸에 발진이 났었어요. 약이 독해서 그렇대요. 그때 남편이 혼자 아버님을 모시고 응급실에 갔다 왔었기든요. 그런데 돌아와서 대뜸 그러는 거예요… (잠시 침묵)

치료자 : 뭐라고 하시던가요?

C : 우리가 곁에 있었으면 이렇게까지 병을 키우진 않았을
거라고… 그 말 듣는데 진짜 하늘이 무너지는 것 같더라고요.
앞에선 아무 내색 못 했는데 혼자 방에 들어가서 계속 울었어
요. 애기가 저를 찾는데, "응 엄마 금방 나갈게."라고 말은 해도
눈물이 멈추질 않더라고요. (눈시울이 붉어짐)

치료자 : 그런 일이 있었군요…. 그 말이… 정말 많이 아프셨
을 것 같아요.

C : 그 뒤로 자꾸 이런 생각이 들더라고요.
'내가 왜 그런 말을 들어야 하지?' '내가 그렇게까지 잘못한
게 있나?' 물론 남편이 힘든 거 알아요. 그냥 너무 힘드니까…
그런 말이 툭 튀어나온 거겠죠. 근데, 그 말을 왜 제 탓처럼 돌
려야 하는지 모르겠어요.

치료자 : C님이 지금까지 얼마나 애써 왔는지를 아니까, 그
말이 더 아프게 들렸을 것 같아요. '나는 이렇게까지 버티고 있
는데, 왜 내가 잘못한 사람처럼 느껴져야 하지?' 그런 마음이

드셨을 것 같아요. 이해가 돼요.

스크립트 끝

그 이후로도 나는 여전히, C의 마음을 지지하는 방식으로 면담을 지속해 갔다.

면담이 4개월 차에 접어들 무렵, 시아버지의 병세가 다소 완화되었고 C의 감정도 서서히 안정을 찾아 가기 시작했다. 그리고—외부 상황이 안정되어 가고, 나와의 신뢰가 조금씩 쌓여 간—그 시기가 되어서야, C는 그녀의 마음속에서 더 오래 지속된 자신의 어머니와의 이야기를 꺼낼 수 있게 되었다.

다음은 이 시기의 면담 중 일부이다.

스크립트 시작

C : 퇴근해서 돌아왔는데, 엄마가 애기 유튜브 보여 주면서 그냥 핸드폰 하고 있더라고요.

그래서 제가 엄마한테 그렇게 하지 말라고 했어요. "나도 애기 앞에서 핸드폰 안 하려고 노력하는데, 엄마가 그렇게 하고 있으면 애기가 당연히 유튜브도 보고 핸드폰도 하고 싶지 않겠냐."고요. 그랬더니 엄마가 "너는 내 잘못만 말하니? 지금 잠깐 본 거야!" 이러면서 소리를 지르는 거예요. 그래서 제가 순간 욱해서 "엄마 매일 그렇게 거짓말하잖아."라고 말했어요.

그랬더니 엄마가 "으휴 내가 너랑 무슨 말을 하냐." 하면서 갑자기 설거지를 하러 가는 거예요. 엄마는 기분 나쁠 때 항상 그릇을 탕탕 치면서 소리 나게 설거지하거든요. 근데 저는 그게 진짜 싫거든요. 어렸을 때부터… 항상 엄마는 기분 나쁠 때 설거지하면서 탕탕 치고… 집안 분위기를 험악하게 만들고…

치료자 : 어렸을 때부터 그것 때문에 힘드셨던 걸 제가 잘 알고 있죠.

C : 근데 그날도 결국 엄마가 "딸년 키워봤자 소용없다더니 다 똑같아." 이러더라고요. 그 말 듣는데 애기는 겁먹은 표정이고… 그래서 엄마한테 그냥 "엄마 그럴 거면 그냥 집으로 가."라고 했어요. 그랬더니 "너는 진짜 야박한 딸이야." 이러면서 나가는 거예요. 그 말 듣는데 진짜 눈물이 핑 돌더라고요.

애기 앞에서 울 수도 없고…

치료자 : 야박한 딸이라는 표현은 제 마음에도 좀 걸리네요. C님 노력 전체를 부정하는 것처럼 들렸을 것 같아요.

C : 맞아요. 엄마는 항상 그런 식으로 말하거든요. 기분 나쁘면 "너는 못된 딸이야." 이런 식으로. 진짜 왜 그러는지 모르겠어요.

◆————————◆ 스크립트 끝 ◆————————◆

C가 어머니와 갈등할 수 있게 된 것이 나에게는 'C의 내면에서 강함이 자라고 있다.'라는 신호로 느껴졌다. 하지만 나는 그것을 구태여 내색하진 않았다. 다만, 이 시기의 면담은 대부분, C가 얼마나 힘들었는지, 그 힘든 시간을 어떻게 참아 냈는지, 또 어떤 방식으로 견뎌 왔는지를 이야기하는 것으로 흘러갔는데, 나는 그때마다 천천히, 그러나 분명한 태도로 그녀를 지지했다.

왜냐하면 이 시기 C에게 가장 중요한 것은 자신이 안전하다고 느끼는 것이기 때문이었다.

혹시라도 내가 성급하게

"이제는 당신 안의 자기비난을 들여다보면 어떨까요?"

"엄마가 그렇게 말할 때 왜 그렇게 불편했을까요?"

라고 묻는다면, C는 다시 흔들리고 무너질 수 있었다.

그래서 나는 그녀의 곁에 조용히 앉아, 그녀가 자신의 고통을 충분히 말할 수 있도록 기다렸다. 그 기다림은, 그녀의 내면에 아직 살아 있는 자책의 목소리를 충분히 이해하기 위해서이기도 했다. 그 목소리가 조금씩 약해지고, 그녀 스스로 그 무게를 들여다볼 준비가 되었을 때— 비로소 나는 그 이야기를 꺼낼 수 있으리라 생각했다.

그리고 마침내, C의 이야기를 조심스럽게 꺼낼 수 있는 순간이 찾아왔다.

◆→————◆ **스크립트 시작** ◆————←◆

C : 이번 주 월요일에 회사에서 막내가 큰 실수를 했어요. 업무 보고를 저번 달 자료로 한 거예요. 그래서 팀이 발칵 뒤집혔

죠. 물론 제 잘못은 아니었는데… 괜히 제가 더 신경 썼어야 했나 싶은 거예요. 좀 불편하더라고요, 마음이.

치료자 : 제가 너무 앞서 나간 게 아니라면… C님께선 꼭 본인의 잘못이 아니어도 '내가 책임졌어야 하지 않았나?' 하는 마음을 자주 느끼시는 것 같아요. 혹시 예전에, 비슷하게 내 잘못은 아닌데 내가 크게 곤혹스러웠던 경험 있으세요?

C : 곤혹스러웠던 경험이요?

치료자 : 네. 예를 들면, 내 일이 아닌데도 내가 안 해서 혼났던 기억 같은 거요.

C : 음… 생각해 보니까… 어릴 때 항상 그랬던 것 같아요. 아! 하나 기억나는 게 있어요. 막내 동생이랑 나이 차이가 좀 나거든요. 근데 어느 방학 때, 걔가 개학 이틀 전까지 숙제를 하나도 안 했던 거예요. 갑자기 울면서, 이러다 선생님한테 혼난다고 막 그러너라고요. 근데, 그때 엄마가 저한테 화를 냈어요.
"너는 누나라는 애가, 동생 숙제도 하나 안 챙겼어?"
그동안 뭐 한 거냐고요. 근데 솔직히 제가 엄마도 아니고…

동생 것까지 챙겨야 할 이유는 없잖아요. 그런데도 결국 그날 하루 종일, 제가 동생 숙제를 대신 해 줬던 기억이 나요.

치료자 : 정말 억울하셨을 것 같아요. 내 잘못도 아닌데 혼나는 건… 아이한테는 참 견디기 어려운 일이잖아요. 혹시 그때 어린 C님은 어떤 마음이었을 것 같아요?

C : 그냥… 억울했겠죠. 근데 또, 이상하게 '내가 미리 해 줬어야 했나…' 그런 생각도 들었던 것 같아요. 왜 그랬는진 모르겠어요.

치료자 : 그랬군요….

라고 말하고 나는 잠시 C가 무슨 말을 할지 기다리고 있었다. 하지만, C는 아무 말도 하지 않은 채 책상 모서리를 바라보고 있을 뿐이었다. 그래서 나는 말을 이었다.

치료자 : 만약 지금의 C님이, 그때 그 어린 C님을 다시 만날 수 있다면— 그 아이에게 뭐라고 말해 주고 싶으실 것 같으세요?

C : (조금 놀라며) 지금이요?

치료자 : 네. 지금의 C님이, 그때의 어린 C님을 만나서 말을 걸 수 있다면요.

C : 그냥… "네 잘못 아니야." "진짜 아니야." 그렇게 말하고, 안아 줄 것 같아요. (조용히 생각하다가) 그러고 보니… 정말 걔 잘못이 아니었네요. 제가 잘못한 게 아니었어요.

치료자 : 네 맞아요. C님의 잘못이 아니죠. C님의 잘못이 아니에요. 만약 어린 C님이 그 말을 들으면 어떤 반응을 보일 것 같나요?

C : 글쎄요… 처음엔 좀 어리둥절해할 것 같아요. 근데… 왠지 기분이 좋기도 하고, 막… 울 것 같기도 해요.

◆━━━━━━◆   스크립트 끝   ◆━━━━━━◆

그 뒤로 C는, '자신의 잘못이 아님에도 책임져야 했던 일들'

에 대해 조금씩 이야기하기 시작했다. 그 이야기는 대부분 어린 시절부터 이어져 온 기억들이었다. 가족의 문제를 혼자 짊어져야 했던 경험, 자신의 몫이 아닌데도 대신 책임을 떠안아야 했던 일들, 그리고 그때마다 '내가 더 잘했어야 하는데….'라는 자책으로 스스로를 괴롭혔던 순간들이었다.

그녀는 말을 이어 가며, 잠시 멈추었다가 조심스럽게 스스로에게 이렇게 되뇌곤 했다.

"그건 내 잘못이 아니었어."

나는 그 순간을 유심히 지켜보았다.

이전 같았으면, C는 분명 "그래도 내가 좀 더 잘했어야 했죠. 누구나 그렇게 살잖아요."라며 자책으로 마무리했을 것이다. 하지만 이제 그녀는 자신에게 조금 더 관대해지려 애쓰고 있었다. 그 말에는 단순한 위로 이상의 의미가 있었다. C가 자기 자신을 용서하기 시작하고 있다는 신호였다. 나는 그 변화를 매우 긍정적인 신호로 받아들였다.

사실 그녀는 잘못한 것이 아니었다. 그저 살아남기 위해, 버티기 위해, 필사적으로 노력해 온 한 사람이었을 뿐이다. 그 과정에서 때때로 모든 것을 책임지려는 습관이 생겼지만, 그것은 그녀가 부족해서가 아니라 스스로를 지키기 위해 몸에 밴 생존 방식이었다. 이 시기, C의 불면과 불안은 조금씩 호전되고 있었다. 밤에 잠드는 시간이 점점 빨라졌고, 새벽에 깨어나는 횟수도 줄어들었다. 그녀는 "오랜만에 깊이 잠들었다는 느낌을 받았다."라고 말하기도 했다. 또한 그녀가 걱정하던 딸의 집중력 문제 역시 점차 나아지고 있었다. 딸은 더 이상 자주 혼나지 않았고, C는 아이를 바라보는 시선에서도 부족한 아이가 아니라 '충분히 잘하는 아이'라는 관점을 조금씩 회복하고 있었다.

남편과의 관계도 천천히 회복되어 가는 듯했다. 서로의 대화가 늘었고, 작은 고마움과 애정 표현이 오가기 시작했다. 예전처럼 모든 짐을 혼자 짊어진다는 느낌이 옅어졌고, C는 "이제는 내 힘으로만 버티는 게 아니라는 걸 알겠다."라고까지 말했다.

그리고 면담 8개월 차. 예기치 못한, 그러나 극적인 회복의 순간이 찾아왔다.

◆ ▸————◂ ◆   스크립트 시작   ◆ ▸————◂ ◆

C : 이유는 잘 모르겠는데… 지난 주말에 엄마랑 통화를 하다가, 불쑥 말이 튀어나왔어요.

C : 엄마, 나 어릴 때 말이야… 집안일이랑, 동생들 챙기는 거… 다 나한테 하라고 했던 거 기억나?

엄마 : 기억나지. 근데 그때는 다 그랬어. 다들 먹고살기 바빴잖아….

C : 근데… 내가 집안일 안 하거나, 막내 숙제 안 도와주면 엄청 혼났었잖아. 그건 왜 그랬어?

엄마 : …야, 그땐 다 그랬다니까. 나는 나가서 죽도록 일하고 들어왔는데, 집안일도 안 돼 있고 그러면… 얼마나 속이 터졌겠니.

엄마의 목소리는 단호하려고 애쓰는 듯했지만, 어딘가 힘이 없는 것 같았다.

C : 엄마, 근데 있잖아… 생각해 보니까 나 그때 진짜 무서웠어. 근데 다시 생각해 보니까… 그게 내 잘못은 아니었던 것 같

더라✝. 근데 그때는 그냥… 너무 무서웠어. 엄마 눈빛이 무서웠고, 그릇 소리 크게 나는 것도 무서웠고… 내가 뭘 잘못했는지도 모른 채 혼나는 게 너무 싫었어. 그게… 너무 무서웠어….

엄마 : (침묵을 하다가 조용한 목소리로) 네 잘못 아니지… 사실 엄마도 그 시절 생각하면 너한테 제일 미안해… 엄마가 너무 무식했어. 아이를 어떻게 키워야 하는지도 모르고… 요즘 너희가 아이 키우는 거 보면서, 엄마 많이 반성했어. '내가 우리 애들한테 참 모질었구나….' 그 생각도 많이 하고. 지금도 미안해. 그땐 IMF 터지고, 보증금 다 날리고… 천 원 한 장 없이 길거리에 나앉게 생겼을 때였어. 근데 애들은 키워야 하고… 막내 가졌을 땐, 너희 아빠 간염으로 아파서 누워 있었잖아.

그때 동네 아줌마가 엄마 보면서 그러더라. "저 집은 남편 죽어 가는데 애를 셋씩이나 가져가지고…." 엄마 그 말 듣고 정말 많이 울었어. 지금 생각하면 그때… 우울증인가 그거였을지도 모르겠어. 그래서 너희한테 못해 준 거, 지금도 마음이 아파. 엄마가 그때는 정말 너무 힘들었어.

엄마의 목소리가 점점 더 떨리기 시작했다. 이제는 울음을 참지 못하는 게 분명했다.

C는 잠시 말을 잇지 못하고, 그냥 그 울음소리를 듣고 있었다.

C : 아니야, 엄마… 나도 이제 이해해. 근데 엄마가 그런 생각 하고 있는 줄은 나도 몰랐어.

엄마 : 난 너한테 특히 미안해. 첫째라고 못해 준 게 너무 많아. 요즘 너 고생하는 거 보면서… 말은 안 했지만, 엄마는 진짜 많이 울었어. 엄마가… 미안하다. 그땐 엄마도 정말 너무 힘들었어.

C는 아무 말도 할 수 없었다. 눈물이 목구멍까지 차올랐지만, 애써 삼켰다.

엄마가 그렇게 솔직하게 말해 주는 건 처음이었다.

어쩌면 그 순간, C의 마음속 어딘가에서 묵직하게 누르고 있던 돌덩이가 조금씩 움직이고 있었는지도 몰랐다.

 스크립트 끝

이 장면은 내게도 깊은 인상을 남겼다. 그것은 C의 어머니의 반응 때문이기도 하지만, 이 대화를 이끌어 낸 C의 침착함과 평온함 때문이었다. C는 그동안의 면담에서 "그건 제 잘못이 아니었어요."라는 말을 조심스레 반복해 왔다. 하지만 여전히 풀지 못한 질문이 있었다.

'내 잘못이 아니라면, 왜 나는 상처를 입었을까?'

'그렇다면 도대체 잘못한 사람은 누구란 말인가?'

이 질문 앞에서, C는 오랜 시간 머물러 있었고, 그 물음에 답을 내리기까지 정말 많은 시간이 필요했다. 그리고 마침내, 그녀는 그 답을 비난이 아닌 감정의 언어로 표현해 냈다.

"엄마, 나… 그때 정말 무서웠어."

그 말 한마디는 그녀가 더 이상 과거에 머물러 있지 않다는 것을, 자신의 감정을 솔직하게 마주하고 말할 수 있을 만큼 내적으로 성장했음을 보여 주는 강력한 징표였다.

그에 대한 어머니의 대답은 "미안하다."는 말이었다. 그리고 나는 그 말이, C의 마음속 깊이 숨어 있던 작고 어린 C에게 닿았다고 느꼈다. 그 아이는 더 이상 두려워하지 않아도 되었다. 더 이상, 자기 잘못이 아님에도 모든 것을 짊어져야 한다는 부담감에 시달리지 않아도 되었다. 왜냐하면— 그 아이의 전부였던 어머니가, 그 잘못이 아이의 것이 아니라고 말해 주었기 때문이다.

· · ·

그날의 극적인 회복의 순간 이후, C의 불면과 우울은 '회복되었다고 말해도 좋을 만큼' 안정되었다. 아침에 눈을 뜨는 것이 더 이상 두렵지 않았고, 잠자리에 드는 시간에는 오늘 하루도 잘 살아냈다는 작지만 진심 어린 안도감을 느낄 수 있었다. 신기한 것은 그와 동시에 가족—특히 남편과의 관계도 회복이 되었다는 것이다. 그녀는 지지적인 어머니였으며, 인내심 있는 아내였다. 하지만 더 이상 자신을 과도하게 자책하지 않았다. 아이가 작은 실수를 했을 때 예전처럼 '내가 잘못한 걸까?'라고 스스로를 몰아붙이지 않았고, 남편과의 대화에서도 '내가 다 감당해야 한다.'는 압박감에서 한 발짝 물러설 수 있게 되었다.

회사에서는 자신이 잘해 온 성과를 처음으로 인정하며 동료들의 칭찬을 있는 그대로 받아들였고, 아이와는 매일 저녁 짧더라도 책을 함께 읽는 시간을 만들며 부족한 엄마가 아니라,

아이에게 필요한 엄마라는 감각을 되찾았다. 주말이면 아이와 공원에 가서 함께 뛰놀고, 친정엄마와는 전보다 훨씬 편안하게 통화하며 일상의 대화를 이어 갔다.

무엇보다, 그녀는 스스로의 삶을 돌보는 것을 미루지 않았다. 퇴근 후에는 혼자 산책하며 마음을 정리했고, 종종 그림을 그리거나 음악을 들으며 자신만의 시간을 가졌다. 이 작은 루틴들은 그녀를 안정시키는 버팀목이 되었고, 그 안정감은 그녀의 가족에게도 자연스럽게 전해졌다.

다음은 그 시기 면담의 한 꼭지이다.

스크립트 시작

C : 선생님. 이제 저 많이 나아진 것 같아요.

치료자 : 제가 보기에도 C님의 표정이 훨씬 좋아진 걸 느끼고 있었어요.

C : 참 신기해요. 사실… 정말 면담이라는 것이 도움이 될까? 싶었거든요. (웃음) 그런데, 지금은 힘든 친구들 있으면 무조

건 추천해 줘요. 너도 한번 해 보라고….

선생님이 '누군가 내 말을 들어 주는 사람이 있는 것'만으로도 위로가 될 수 있다고 하셨었잖아요. 처음엔 몰랐는데, 이제는 정말 알 것 같아요.

치료자 : 그건 아마 C님께서 용기 내어 스스로를 드러내셨기 때문에 가능한 것일지도 모르겠어요. 그렇기 때문에 저도 더 진심으로 들을 수 있었고요.

C : (잠시 책상을 보며 미소 짓다가) 선생님 덕분이겠죠. 정말 감사해요.

스크립트 끝

이후 몇 번의 안정된 회기를 거치고 면담 종료와 함께 C는 소량의 약물을 3개월 더 유지한 뒤, 약물 치료 역시 중단했다.

C의 사례는 나에게도 많은 것을 남겼다. 그녀의 발달사는 명확한 외상으로 규정되긴 어려웠지만, 누구에게나 있을 법한 '작은 균열의 연속'이었다. 그리고 그녀는, 그 모든 균열 속에

서도 스스로를 지키려 기꺼이 싸워 온 사람이었다.

그러나 삶의 여러 고난들이 동시에 그녀를 덮쳤을 때, 그 균열은 한순간에 무너져 내렸다. 그것은 그녀의 마음이 약해서가 아니라, 그저 운이 나빴던 것일 것이다. 하지만 C는 그 모든 책임을 스스로의 몫으로 끌어안았고, 그 죄책감은 마치 바꿀 수 없는 진실처럼 그녀 안에 자리 잡고 있었다.

그럼에도— 그녀는 자신이 가진 고유한 인내심과 회복력으로 그 오랜 시간의 고통을 통과해 냈다. 그리고 마침내, 더 단단한 존재가 되어 자신만의 속도로 세상 속으로 걸어 나갔다. 그녀는 지금도 여전히 많은 역할을 수행하며 살아가지만, 이제는 더 이상 자신을 희생시키지 않을 것이다. 책임감과 자기 돌봄 사이에서 균형을 찾으며, 가족과 일, 그리고 자기 자신을 건강하게 사랑하는 법을 배워 가고 있을 것이다.

나는 여전히 C의 말투와 눈빛, 그 침착한 고백의 순간을 또렷이 기억한다. 어떤 회복은 누군가를 용서하는 것이 아니라, 결국 나 자신을 이해하는 데서 시작된다는 것을, 그녀는 조용히 증명해 보였다. 그리고 나는 그 곁에서, 한 사람의 회복이 얼마나 위대한 여정인지 다시금 깨달을 수 있었다.

4장

작은 숨, 작은 시작

K는 성매매 업소에서 일한 불행한 과거를 가진 여성이었다. 그녀는 누구보다 뚜렷한 외상 경험을 겪었지만, 그럼에도 불구하고 살아 있는 자신을 끝내 포기하지 않으려는 강인한 사람이었다. 치료가 끝난 후에도 K의 증상이 완전히 사라졌다고 말하기는 어려웠다. 여전히 불안과 두려움의 그림자는 그녀의 마음 한구석에 자리하고 있었고, 밤마다 꿈에서 업소의 방에서 있었던 장면을 떠올리며 숨이 막혀 깨어나기도 했다. 하지만 나는 그녀 안에 분명히 '살고자 하는 힘'이 존재한다는 것을 느꼈다. 그것은 마치 아주 작은 불씨 같았지만, 꺼지지 않고 살아남은 불꽃이었다.

처음 그녀를 만났을 때의 모습은 아직도 잊히지 않는다. K는 발목 골절로 깁스를 하고 있었는데, 그 깁스 자체보다 더 깊이 내 기억에 남은 것은 그녀의 표정이었다. 마치 돌처럼 굳어 있던 얼굴, 모든 감정을 차단하려는 듯한 눈빛, 그리고 쉽게 입을 열지 않으려는 태도. 그것은 자신을 보호하기 위한 마지막 방패처럼 보였다. 나는 그녀와의 첫 면담을 앞두고 마음속에 엄숙한 긴장을 느꼈다.

나는 K를 만나기 전에, 해바라기센터의 직원으로부터 그녀의 삶에 대한 배경을 들을 수 있었다. 물론, 모든 정보 공유는 K의 동의하에 이루어진 것이었다. 그 이야기는 충격적이었고, 한 사람의 인생이 어떻게 이토록 쉽게 무너질 수 있는지 절로 생각하게 만들었다.

· · ·

K는 한때 유흥업소에서 일하며 숙식을 해결했다. 손님을 응대해 받은 화대가 그녀의 생계를 지탱해 주는 거의 유일한 수단이었다. 그러나 생활비에 대한 계획과 관리 능력이 부족해 늘 수입보다 지출이 많았다. 미래를 계획할 여유가 없었고, 오늘 하루를 비티는 데에만 온 힘을 쏟아야 했다. 결국 업소 주인에게 돈을 빌렸고, 이를 갚지 못하자 K는 무단으로 업주와의 연락을 끊었다. 그 선택은 곧 그녀의 삶을 더 깊은 수렁으로 끌

어내렸다. 업주는 그녀를 사기죄로 고소했고, K는 집행유예와 벌금 약 천만 원을 선고받았다.

그 후 그녀는 "당신의 빚을 대신 갚아 주겠다."는 제안을 받고 사채업자에게 돈을 빌렸다. 이미 집행유예 상태였던 K는 감옥에 갈까 두려웠고, 그 두려움은 그녀를 옥죄는 족쇄가 되었다. 그들의 요구를 거부할 수 없었던 그녀는 또 다른 업소로 끌려가 감금된 채 유흥업에 종사해야 했다. 업소에서의 생활은 말 그대로 생지옥이었다. 때로는 불성실하다는 이유로 폭행을 당했고, 업주들은 "도망치면 또다시 너를 사기죄로 신고하겠다."며 지속적으로 협박을 가했다. 그녀는 하루하루를 버티며 '이곳을 벗어날 수 있을까?'라는 질문을 스스로에게 수없이 던졌다.

그러던 어느 순간, K는 자신이 갚고 있다고 믿었던 빚이 전혀 줄지 않고 있다는 사실을 깨달았다. 업주들이 만들어 놓은 착취 구조가 끝날 리 없다는 예감이 밀려왔다. 그때 그녀는 결심했다. 이대로라면 죽을 때까지 이곳에 묶여 있을 것이라는 절망감 속에서, 오직 탈출만이 유일한 답이라고 생각했다.

그리고 어느 날, K는 감금된 방의 창문을 열고 2층 높이에서 몸을 던졌다. 순간의 선택이었지만, 그 순간 그녀는 자신의 자유를 향해 마지막 몸부림을 친 것이었다. 추락의 충격으로 발목이 부러졌고, 그녀는 응급실로 실려 가 수술을 받아야 했다. 그렇게 나는 병원에서 처음으로 K를 만나게 되었다.

그녀가 정신과에 의뢰된 이유는 과각성, 불면, 불안, 그리고 반복적으로 떠오르는 폭력 상황의 기억 등, 전형적인 PTSD(외상 후 스트레스 장애) 증상 때문이었다. 그녀는 잠을 이루지 못했고, 작은 소리에도 몸이 경직되며 깜짝 놀라곤 했다. 밤이 되면 과거의 장면들이 마치 생생한 영상처럼 되살아나 그녀의 마음을 짓눌렀다. 문득문득 찾아오는 심장 두근거림과 식은땀, 그리고 자신이 언제든 다시 그곳으로 끌려갈 것 같은 막연한 공포가 그녀의 일상을 잠식하고 있었다. 이런 상황에서 PTSD가 찾아오는 것은 오히려 당연한 일이었다. 그리고 K는 분명히 누군가의 도움이 절실히 필요한 사람이었다.

하지만 나는 동시에 어떤 절망감 같은 것에 압도되기도 했었다. '내가 감히 그녀를 도울 수 있을까? 정말 도움을 줄 수는 있기나 한 걸까?'라는 질문이 마음속에서 떠나지 않았다. 그녀가 지나온 길은 너무나 혹독했고, 나는 그 무게를 감히 다 알지 못했다. 내가 들은 이야기들이 모두 사실이라면, K는 세상 전체에 대해 뿌리 깊은 불신과 경계를 품고 있을 것이다. 그리고 나는— 그녀가 속으로 분류하고 있을 그 세상의 일부일 것이다. 치료자라는 이름을 달고 있더라도, 결국 나는 그녀에게 또 하나의 가식적인 누군가처럼 느껴질 수 있었다. 그녀가 겪은 세계에서는 모든 사람이 그녀를 착취했고, 그녀에게 폭력을 가했고, 그녀의 경계를 지켜 준 사람은 아무도 없었을 테니까. 그런 세계에서 살아남은 그녀에게, 나는 과연 신뢰의 대상이 될 수 있을까?

이런 경우 나는 보통 무언가를 조언하거나 섣부른 위로를 하려 하기보다는, 조심스럽게 '듣는 것'을 치료의 목표로 삼는다. 아무리 세상이 믿기지 않는 곳이라 하더라도, 자신의 이야기를 진심으로 들어 주는 누군가가 있다는 사실은, 그 자체로 커다란 위로가 될 수 있다고 믿기 때문이다. 그러나 K에게는 그조차도 쉽지 않았다. 그녀는 거의 말을 하지 않았기 때문이다. 말하고 싶지 않은 것이 아니라, 충격으로 인해 말을 잃어버린 사람처럼 보였다. 표정과 몸짓에서 드러나는 경계심은 너무나 뚜렷했고, 질문 하나 던지기도 어려울 정도였다.

또 다른 이유는 K는 이미 너무 많은 억압과 강요를 경험한 사람이었다는 것이다. 내가 무심코 던진 질문 하나조차, 그녀에게는 또 다른 침범, 또 하나의 폭력으로 느껴질 수 있었다. 예를 들어, 내가 그녀의 이야기를 듣기 위해 과거 업소에서의 생활을 묻는다면, 그것은 그녀로 하여금 더욱 수치감과 공포감을 불러일으킬 가능성이 높았다.

너욱이 나는 남성 치료자였다. 그녀에게 해를 가한 건 대부분 성인 남성이었을 것이므로, 그녀의 트라우마와 관련된 과거를 이야기할 때 느낄 수 있는 불쾌감과 재외상의 가능성을 고려하지 않을 수 없었다. 그 사실을 의식할수록, 나는 말과 행동 하나하나를 더욱 신중하게 다듬을 수밖에 없었다.

나는 이 공간만큼은 그녀의 목소리가 들리고 반영될 수 있다는 것을 느끼게 해 주고 싶었다. 나는 치료적으로 큰 문제가 되지 않는 한 그녀의 요구를 가능한 한 수용했다. 그녀가 원한다면 수면제를 처방해 주었고—나는 일반적으로 수면제 처방을 선호하지 않음에도—그녀의 생활 패턴에 맞게 용법까지 조정해 주었다.

무엇보다도, 그녀가 "말하고 싶지 않다."고 했을 땐, 그 말을 진심으로 존중했다. 그녀가 침묵하는 순간에도 나는 침묵을 받아들였다. 그것은 단순한 말 없음이 아니라, 그녀가 선택한 생존 방식이라는 것을 이해하려고 애썼다. 억지로 질문을 이어 가면 그녀는 더 깊이 마음을 닫을 것 같았다. 그래서 나는 때로는 긴 침묵을 견디며 그 옆에 앉아 있었다. '말하지 않아도 괜찮다.'는 메시지를 전하고 싶었다. 침묵조차 존중받을 수 있다는 경험을 그녀에게 선물하고 싶었기 때문이다.

그 시간들은 느리게 흘렀다. 하지만 나는 알았다. 그녀와의 관계를 쌓아 가는 데에 필요한 것은 조급함이 아니라 기다림이라는 것을. 그리고 그 기다림이야말로 그녀에게 가장 필요한 치유의 조건일지도 모른다는 것을.

◆→ ─── ◆ 스크립트 시작 ◆ ─── →◆

K : 약을 먹어도 자꾸 깨요… 악몽도 너무 많이 꾸고요. 그게… 힘들어요.

치료자 : 약을 먹어도 자꾸 깨고, 악몽도 많이 꾸고… 음… 어떻게 하면 조금이라도 편해질 수 있을까요?

K : 글쎄요… 잘 모르겠어요.

나는 이 순간, 그녀가 진짜 원하는 것이 무엇인지 알 수 없었다. 그녀는 수면제 증량을 원하고 있었던 걸까?
혹은, 그녀는 약물 치료에 더해 심리치료를 원하고 있었을 수도 있다. 하지만 어느 쪽이든 '나는 도움이 필요하다.'는 말을 꺼내는 일은, 그녀에게는 그 자체로 또 하나의 위험을 감수

하는 일이었을 것이다.

　치료자 : 음… 잠을 잘 못 자고, 자꾸 악몽을 꾸는 건 정말 괴로운 일이죠. 여기 K님을 도울 수 있는 방법들이 몇 가지 있을 것 같은데요.

　K : 어떤 방법들이요?

　치료자 : 음… 첫 번째는 가장 간단한 방법이에요. 약을 조금 더 늘리는 거죠. 물론 약이 만능은 아니지만, 빠르고 쉬운 방법이긴 해요. 다만 약이 점점 늘어나면, 나중에는 약 없이는 잠을 아예 못 자는 경우도 생길 수 있어요. 그게 조금… 걱정되기도 하구요.
　두 번째 방법은 정신치료인데요. 지금까지 있었던 일들을 천천히 돌아보면서, 그 기억들을 같이 재정리해 보는 거예요. 그런데, K님처럼 아주 큰 고통을 겪은 분들은 그 기억 자체를 떠올리는 것만으로도 힘이 들 수 있어요. 그런 어려움을 겪으면서도 치료를 이이 가야 하기 때문에, 마음의 준비가 필요하죠.

　K : 네….

치료자 : 마지막은… 제가 요즘 많이 쓰는 치료 방법인데요. ACT라고 해요. 과거보다는 '지금 이 순간'에 집중하는 방식이에요. 호흡하는 법, 몸에 감각을 느껴 보는 법, 그리고 앞으로의 삶에서 진짜 소중한 게 뭔지… 그런 걸 함께 찾아보는 거예요. 정신치료와는 다르게 4~6회기의 비교적 짧은 시간 안에 끝나요.

나는 설명하는 동안 K의 얼굴을 유심히 살폈다. 그녀는 눈을 내리깔고 있었지만, 내가 ACT를 설명할 때 살짝 미간이 풀리는 것 같았다. 그러나 이 변화가 ACT라는 개념에 관심이 생겨서인지, 단지 긴장이 풀렸기 때문인지는 알 수 없었다.

K : 음… (잠깐의 침묵) 그럼 우선, 오늘은 약을 좀 늘려 주실 수 있으세요?

치료자 : (잠시 생각에 잠겼다가) 네, 알겠어요. 우선 약을 늘려 드릴게요.

나는 잠시 멈추고 다음 말을 덧붙였다.

치료자 : 근데… 제가 하나만 부탁드려도 될까요?

K : 뭔데요?

치료자 : 아까 말씀드린 ACT 말이에요. 제 생각엔, 그게 K님에게 정말 도움이 될 수 있을 것 같아요. 지금은 아니어도 괜찮아요. 혹시… 언젠가 마음이 조금 열리게 되면, 그때 저한테 한번 이야기해 주시겠어요?

K : …네. 알겠어요. 그렇게 할게요.

스크립트 끝

나는 그녀의 대답에 안도와 아쉬움이 동시에 스쳤다. 약을 증량해 달라는 요청은 그녀가 나를 어느 정도 믿기 시작했음을 보여 주는 작은 신호였을지도 모른다. 하지만 ACT에 대한 제안을 당상 받아들이지 않은 것도, 당연한 일이었다. 그녀에게는 아직 그만큼의 여유가 없었다. 중요한 것은 오늘 이 대화가 끊기지 않고 이어졌다는 것, 그리고 내가 다시 그녀 옆에서

기다릴 수 있다는 사실이었다.

그 뒤 몇 번의 약 증량에도 K의 불안과 불면은 쉽게 호전되지 않았다. 잠을 조금이라도 더 깊게 자고 싶다는 간절함은 있었지만, 약을 늘리는 것에 대한 두려움도 컸던 것 같다. 약에 점점 더 의존하게 되면 언젠가는 약 없이는 단 한숨도 잘 수 없게 될지도 모른다는 걱정이 그녀를 짓눌렀을 것이다. 혹은, 그동안의 시간이 그녀에게 아주 조금이라도 무언가 다른 것을 시도해 볼 용기를 심어 준 것일지도 모른다. 이유가 무엇이든, 어느 날 K는 뜻밖의 말을 꺼냈다.

"저… 그 저번에 말씀하신 숨 쉬고 하는 거 있잖아요…. 그걸 한번 해 볼 수 있을까요?"

그 말을 듣는 순간 나는 잠시 놀랐지만, 조심스레 고개를 끄덕이며 말했다.

"네, 물론이에요. 해 볼 수 있죠."

그렇게 우리는 ACT 회기를 시작하게 되었다. 먼저 간단히 설명을 하자면, ACT의 정식 명칭은 '수용 전념 치료(Acceptance and Commitment Therapy)'다. 이름 그대로 고통을 억지로 없애려 하지 않고 '수용'하며, 자신에게 정말 중요한 삶의 방향을 항해 한 길음씩 '선념'하는 것을 목표로 하는 치료다.

하지만 이 치료는 이름만 들어도 오해를 불러일으키기 쉽다. 가장 흔한 오해는 고통을 수용하라는 말이 마치 그 고통을 만들어 낸 잘못된 상황이나, 자신을 짓밟았던 사람들까지도 받아들이라는 의미로 들린다는 점이다.

예를 들어 보자. 한 중학생이 시험을 망쳤다고 치자. 이 아이는 시험 결과를 보고 이렇게 생각할 수 있다.

'나는 실패했어. 나는 패배자야. 이제 인생 망했어.'

이때 ACT에서 말하는 수용이란, '그래, 넌 패배자야. 그냥 그걸 받아들여.'라는 뜻이 아니다.

ACT는 생각이 아니라 감정을 수용하라고 말한다. 다시 말해, '나는 시험을 망쳐서 슬퍼.'라는 그 마음 자체를 외면하지 말고, 있는 그대로 느껴 보자는 것이다.

간혹 반대로 이런 감정을 아예 지워 버리는 아이도 있다. '괜찮아. 난 시험을 망쳐도 아무렇지도 않아. 다음엔 더 잘하면 되지.' 이런 태도는 겉으로 보기에는 건강해 보일 수 있다. 하지만 실상은 그렇지 못한 경우가 많다. 자신이 얼마나 애썼는지 아는 사람이, 그 노력이 허물어졌을 때 아무렇지도 않다고 말하는 것이 과연 가능할까? 감정을 억지로 부정하고 눌러 버리면, 그 감정은 마치 물속에 억지로 눌러 넣은 공처럼 언젠가는 더 높이 튀어 오르게 마련이다. 이렇게 '감정을 억지로 지우려 하는 것' 역시 ACT에서 또한 경계하는 것 중 하나이다.

대신 ACT는 이렇게 말한다.

"나는 시험을 망쳤다."

"나는 정말 슬프다. 마음이 뻐근하고, 가슴이 아프다."

"이 감정은 내가 애썼다는 증거다."

"그러나, 나는 결과에 상관없이 노력하는 삶을 살고 싶다."

"그러니, 다시 한번 책을 펼쳐 보자."

즉 슬픔을 무력하게 받아들이는 것이 아니라, 슬픔을 품은 채로도 여전히 살아가는 것—그것이 ACT가 말하는 '수용'이자, 결국 '전념'이다.

· · ·

나는 ACT를 K에게 설명하면서 그녀가 이 과정을 통해 조금이라도 자기 자신을 있는 그대로 받아들이고, 지금 이 순간의 삶에 발을 디딜 수 있게 되기를 기대했지만, 그 과정이 쉬울 것이라 생각한 건 결코 아니었다. 과거의 기억은 여전히 그녀의 밤을 흔들고, 그 불안과 공포는 쉽게 사라지지 않을 것이다. 하지만 그녀가 내 앞에서 해 보고 싶다고 말한 그 순간은, 분명

빈화의 씨앗이었다. 그것은 작은 시작이었지만, 아주 소중한 시작이었음이 분명했다.

내가 K에게는 특히 ACT가 도움이 될 것이라고 판단한 데에는 나름의 이유가 있었다. 그녀의 고통은 단순히 사라지기를 기다리는 불편한 감정이 아니라, 실제로 존재하는 깊은 흔적이었다. 그리고 나는 그 흔적을 억지로 없애려는 시도가 오히려 그녀에게 더 큰 절망을 안겨 줄 수 있다고 느꼈다.

가령, 만약 K가 '완전히 새로운 사람으로 태어나고 싶다.'는 마음으로 치료를 시작한다면 어떻게 될까? 과거의 흔적을 모조리 지우고, 고통이 없었던 사람처럼 살고 싶다는 간절한 소망. 하지만 그것은 현실적으로 그녀에게 너무 가혹한 요구였다. 그녀의 뇌는 이미 생명의 위협을 받았던 그날의 기억들을 깊이 각인하고 있었다. 우리가 흔히 사용하는 약물도, 심리치료의 그 어떤 정교한 기법도, 그녀가 살아남기 위해 필사적으로 붙들었던 고통의 흔적을 완전히 지워 줄 수는 없다. 그리고 만약 그녀가 이런 사실을 모르고 치료에 임했다면, 언젠가 좌절하게 될지도 모른다.

'나는 이렇게까지 노력했는데 왜 아직도 괴로운 걸까?'

이 질문은 치료 과정에서 쉽게 등장한다. 그리고 그 질문은 다시, 깊은 절망으로 이어질 수 있다. '내가 제대로 해내지 못해서 여전히 아픈 거야.' '나는 결국 실패자야.' 그런 자기비난은 다시 그녀의 마음을 짓누를 것이다. 그래서 나는 오히려 고통을 없애는 것이 아니라, 그 '고통을 안고 살아가는 법'을 배우는 것이 필요하다고 느꼈던 것이다.

ACT는 바로 그런 철학을 지닌 치료다.

고통을 제거하는 것이 목표가 아니기 때문에, 고통의 원인조차도 깊이 파헤칠 필요가 없었고, 이는 수치심과 불안으로 점철된 그녀의 과거를 억지로 캐내지 않아도 됨을 의미했다. 그렇기 때문에 나는 K에게 이 ACT가 분명히 도움이 될 것이라 믿었다.

이후 ACT 회기는 병원 내 임상심리사 선생님과 함께 진행되었다. 나는 직접 회기를 진행하지는 않았지만, 임상심리사와의 환자 정보 교환을 통해 그녀의 치료 과정을 충분히 파악할 수 있었다. 앞으로 소개될 장면들은, 바로 그 치료 과정에서 비롯된 것이다.

우리는 K에게 어떠한 이론적 교육이나 복잡한 설명보다는, 즉각적으로 몸으로 경험할 수 있는 안정감이 필요하다고 판단했다. 그녀에게는 머리로 이해하는 것이 아니라, 몸으로 안전한을 느끼는 것이 먼저였다. 그래서 치료는 가장 기본적인 기법인 호흡 이완 훈련으로부터 시작되었다.

다음은 호흡 이완 훈련의 일부이다.

✦ ━━━━━━ ● 스크립트 시작 ●━━━━━━ ✦

치료자 : 지금은 뭔가를 바꾸려 하기보다, 그냥 몸에 어떤 느낌이 있는지 가만히 알아차려 보는 시간이 될 거예요. 잘하려 하지 않아도 되고, 그저 제가 드리는 말에 천천히 따라만 오시면 됩니다.

우선, 가볍게 눈을 감거나 시선을 바닥에 두고,
코로 숨을 천천히 들이마셔 볼게요.
…그리고 길게 내쉽니다.
한 번 더… 들이쉬고,
길게… 내쉽니다.
숨이 왔다 기는 느낌을,
가슴이나 배에서 그냥 느껴 봅니다.

이제 어깨에 잠깐 힘을 줘 볼게요.

귀 쪽으로 어깨를 살짝 끌어올려 보세요.

하나… 둘… 셋…

이제 '툭' 하고 내려놓습니다.

이번엔 턱이에요.

아주 살짝 이를 다물고,

턱에 힘이 들어가게 해 봅니다.

하나… 둘… 셋…

그리고 힘을 툭— 풀어 줍니다.

마지막으로, 손입니다.

손가락을 조용히 오므려서,

주먹을 살짝 쥐듯이 해 보세요.

하나… 둘… 셋…

천천히 펴 줍니다.

이제 양손이 바닥에 닿아 있다면,

무게가 바닥으로 조금 더 실리는 느낌이 있을 거예요.

이제 힘을 빼고, 그냥 몸 전체에 어떤 감각이 있는지만 가만히 느껴 봅니다.

어딘가 따뜻한지, 묵직한지…

혹은 아무 느낌이 안 들어도 괜찮아요.

혹시 불편한 생각이 떠오르더라도,

그 생각을 없애려 하지 말고,

다시 지금 이 몸,

이 자리로 돌아옵니다.

잠시 더 이 상태에 머물러도 좋고,

이제 눈을 천천히 떠도 괜찮습니다.

◆————————◆————— 스크립트 끝 —————◆————————◆

K는 비교적 집중해서 훈련에 참여했다. 처음에는 낯설어하는 기색이 역력했지만, 치료자의 안내에 맞춰 조심스럽게 숨을 들이쉬고 내쉬는 연습을 이어 갔다. 그러나 몇 분도 지나지 않아 그녀는 망설이며 조용히 털어놓았다.

"눈을 감으면… 잊고 싶었던 과거의 장면들이 떠올라요. 그래서 눈을 감은 상태에서는… 도저히 몸에 힘을 뺄 수가 없어요."

그 말을 들은 치료자는 그녀를 다그치지 않았다. 대신 그저 지지하는 태도로 고개를 끄덕이며 말했다.

"괜찮아요. 지금 이야기해 주셔서 정말 잘하셨어요. 눈을 뜬 채로 해도 돼요."

치료자는 무엇도 강요하지 않았다. 작은 시도조차도 잘하셨다며 격려했고, 이완 훈련이 성공했는지, 혹은 충분히 깊은 상태에 도달했는지를 확인하지 않았다. 중요한 것은 몸의 힘을 완전히 빼는 것이 아니었다. 그저 '지금 이 순간 여기에 머무는 연습'을 함께 하는 것, 그것이 치료의 핵심이었다.

며칠이 지나자, K는 어느 순간부터 이완 훈련에 조금씩 익숙해지는 모습을 보였다. 완전히 긴장을 풀었다고는 말할 수 없었다. 하지만 몸의 일부에 주의를 기울이고, 그 느낌을 인식할 수 있게 된 것만으로도 그녀에게는 중요한 변화였다. 과거에는 자신의 몸을 감각하는 것조차 두려웠던 K가, 아주 작은 방식으로라도 몸을 받아들일 수 있게 된 것이다.

어쩌면 이런 의문을 품는 독자도 있을지 모른다.

'그렇게 끔찍한 일을 겪은 사람이, 고작 호흡 훈련 몇 번으

진정이 될 수 있을까?'

그 의문은 지극히 당연하다. 하지만 K에게 이 공간은 단순한 치료실이 아니었던 것 같다. 이곳은 그녀가 '잘못해도 혼나지 않는 곳', '누군가가 자신을 위해 애써 주고 있다는 것을 몸으로 느낄 수 있는 곳'이었다.

이완 훈련이라는 기법 자체가 몸의 각성을 낮추는 데 분명 일정 부분 도움이 되었을 것이다. 그러나 그보다 더 컸던 것은 이곳에서 내가 지켜지고 있다는 경험, 지금 이 순간만큼은 안전하다는 신뢰였을지 모른다. 그 감각은 그녀가 오랜 세월 잃어버렸던 것이었고, 다시 느끼기까지 너무나 많은 시간이 필요했던 것이었다. K는 그 신뢰를 아주 조금씩, 그러나 분명히 회복해 나가고 있었다.

· · ·

그 뒤로도 ACT 치료는 조용히 진행되었다. 사실 치료라는 단어보다는, 오히려 '함께 앉아 있는 법을 배우는 시간'에 더 가까웠다. 치료자는 무엇을 성취하려 하지 않았다. K 역시 여전히 말을 거의 하지 않았다. 그녀는 치료자의 눈을 잘 마주치지 않았고, 질문을 받으면 시선을 바닥에 둔 채 아주 작게 고개를 끄덕이는 것으로 대답을 대신했다. 그녀의 세계는 여전히 치료자라는 타인을 철저히 경계하고 있었고, 그 벽은 쉽게 허물어지지 않았다.

　다음 회기는 몸의 감각을 알아차리는 아주 기초적인 훈련부터 시작되었다. 치료자는 최대한 부드러운 목소리로 조심스럽게 물었다.

◆━━━━━◆　**스크립트 시작**　◆━━━━━◆

　치료자 : 혹시… 지금, 이 방 안에서 제일 먼저 느껴지는 몸의 감각은 뭐가 있을까요?

　K는 잠시 움직이지 않았다. 눈을 내리깔고 있던 그녀는 천천히 고개를 들었다가, 다시 숙였다. 그리고 거의 들리지 않을 정도로 작은 목소리로 말했다.

　K : …숨이 잘 안 쉬어져요.

치료자는 그 말에 순간 멈칫했다. 치료자라는 이름을 달고 있지만, 그녀의 숨을 대신 쉬어 줄 수는 없었기 때문이다. 하지만 치료자는 최대한 담담하게 말했다.

치료자 : 그럼 지금, 그 숨 안에 잠깐만 같이 있어 볼게요. 괜찮으시다면, 아주 천천히 숨을 한번 들이쉬어 보시겠어요?

스크립트 끝

K는 아무런 반응도 하지 않았다. 치료자는 그녀의 침묵을 기다렸다. 그 기다림은 짧지 않았지만, 억지로 채우지 않았다. 몇 초 후, 아주 작은 움직임이 보였다. 그녀의 어깨가 미세하게 들썩였다. 그게 진짜 호흡인지, 아니면 치료자가 간절히 바란 마음이 만들어 낸 환상인지는 분간할 수 없었다. 하지만 치료자는 그 순간, K가 치료자 앞에서 처음으로 무언가를 '시도했다'는 사실 하나만을 받아들이기로 했다.

그 시도는 작았지만, 그 작음 속에 깊은 용기가 담겨 있었다. 말없이 눈을 내리깔고 있던 그녀가 아주 천천히 숨을 들이쉬기 위해 움직인 것. 그것은 치료의 시작이었다.

그날은 그것으로 충분했다. 단지 숨을 한 번 들이쉬고, 다시 내쉬는 것. 그사이에 도망가지 않았다는 것. K가 치료자와 같은 공간 안에 머물렀다는 것. 그 모든 것이 치료적 사건이었다.

세 번째 회기에서 치료자는 감정 거리두기의 기초 개입을 시도했다. 치료자는 오래 망설이다가 최대한 부드러운 목소리로 그녀에게 물었다.

◆━━━━━◆━━━━━◆ 스크립트 시작 ◆━━━━━◆━━━━━◆

치료자 : K님, 요즘 자주 떠오르는 생각이나 말⋯ 마음속에서 반복되는 문장 같은 것이 있다면⋯ 혹시 하나만 말해 주실 수 있을까요?

그녀는 아무 말도 하지 않았다. 방 안에 깊은 침묵이 흘렀다.

그리고 몇 초쯤 지났을까. 그녀의 어깨가 아주 살짝 떨렸다. 거의 입술을 움직이지 않는 목소리로 그녀는 말했다.

K : ⋯나는⋯ 더러워요.

그 말을 늘은 순간 치료자는 숨이 잠시 막히는 것 같았다. 이전 회기에서 어깨의 긴장을 풀기 위해 "셋, 둘, 하나…" 하고 이완 훈련을 하던 모습이 스쳐 지나갔다. 그때조차 그녀는 온몸을 잔뜩 움츠린 채 겨우 숨을 들이쉬고 내쉬었다. 그 짧은 훈련조차 그녀에게는 이 문장을 뚫고 나오는 일이었을 것이다.

"나는 더럽다."

이것은 그녀에게 단순한 생각이 아니었다. 그 문장은 이미 하나의 '정체성'처럼 그녀의 깊은 곳에 자리 잡고 있었다. 치료자는 그 사실을 직감했다.

치료자는 신중하게 입을 열었다.

치료자 : 그 문장… '나는 더럽다.'는 말이 떠오를 때, 그게 꼭 사실처럼 느껴지기도 하나요?

그녀는 천천히 고개를 끄덕였다.

치료자 : 그럼, 그 문장을 지금 제 손바닥에 써 본다고 생각해 볼 수 있을까요? '나는 더럽다.'라는 말을 종이에 써서 손바닥 위에 올려 본다고 상상해 보세요. 우리가 그걸 볼 수는 있지만, 그 문장이 나 자신이 되는 건 아니잖아요. 그건… 생각일

수 있어요. 그냥, 지나가는 문장일 수도 있죠.

＋━━●━━━●━━ **스크립트 끝** ━●━━━●━━＋

치료자는 최대한 담담하게 말했지만, 속으로는 한 단어 한 단어가 그녀에게 또 하나의 상처가 되지 않을까 두려웠다. 방 안의 공기는 여전히 무거웠다. K는 아무 대답도 하지 않았다. 그러나 그녀는 고개를 푹 숙이지도 않았다. 눈을 감아버리지도 않았다. 오히려 고개를 조금 들고, 말없이 치료자의 말을 따라가고 있었다.

치료자는 그걸 '변화'라고 부르기로 했다. 그것은 아주 작은 움직임이었지만, 그녀가 자신의 세계로 들어오는 치료자를 완전히 밀어내지 않았다는 뜻이었다.

치료자는 스스로에게 다짐했다. 그녀의 고통 속으로 무리하게 들어가려 하지 않을 것. 대신 그 고통 옆에 조심스럽게 머물러 있을 것. 그 선택은 어떤 면에서는 회피처럼 보일 수도 있었다. 하지만 동시에 그것은 극도의 존중이었다. 치료자는 그 어느 때보다 '치료자'라는 단어가 조심스러웠다. 그녀를 고치려 하지 않는 것, 그녀의 상처를 해결해 주겠다는 약속을 하지 않는 것, 그녀가 치료자로 인해 다시 다치지 않도록 모든 문장을 천천히 고르고 또 고르는 것.

치료는 행동이기도 하지만, 때로는 '하지 않는 것'이 치료가 되는 순간도 있다.

치료자는 서두르지 않기로 했다. 그녀의 진리를 부정하지 않으면서도, 그 문장을 단단한 진리에서 조금은 떨어진 문장으로 바꿔 보는 작업. 그것을 한 문장씩, 한 숨씩, 아주 천천히 시도해 보기로 했다.

네 번째 회기에서는, ACT의 핵심 중 하나인 '가치 탐색'을 시도했다. 이날은 조금은 놀라운 장면으로 시작되었는데, K가 치료실 문을 열며 처음으로 먼저 인사를 한 것이다.

스크립트 시작

K : 안녕하세요….

그 짧은 인사는 마치 '나는 여기 있겠다.'는 조용한 선언 같았다.

그날 치료자는 K에게 이렇게 물었다.

치료자 : 혹시 요즘, 마음이 조금 더 복잡해지는 순간이 있다면, 그건 무엇이 중요하기 때문일까요?

질문이 끝나자 방 안에는 다시 침묵이 내려앉았다. K는 한참 동안 고개를 숙인 채 아무 말도 하지 않았다. 치료자는 그 침묵을 조급하게 재촉하지 않았다. 오히려 그 침묵이 더 많은 말을 담고 있다고 느꼈다. 결국 그녀가 입을 열었다.

K : …모르겠어요. 뭐가 중요한지… 그냥… 모르겠어요.

그 말을 들은 치료자는 조용히 가치 카드를 꺼냈다. 책상 위에는 여러 장의 카드가 놓였다.
'가족', '존중', '용기', '자유', '회복', '배움', '연결'… 치료자는 카드를 한 장씩 조용히 읽어 주며 말했다.

치료자 : 어떤 단어에서 반응이 느껴지시는지만 알려 주셔도 좋아요. 꼭 말하지 않아도 괜찮아요. 그냥… 잠시 바라보셔도 돼요.

K는 몇 장을 넘기다 말고 갑자기 손을 멈췄다. 그리고 한 장

을 오랫동안 바라봤다. 그녀의 손끝이 떨리는 것이 치료자의 눈에 들어왔다. 치료자는 그 단어가 무엇인지 즉시 알 수는 없었다. 다만 그녀가 오랫동안 멈춘 것 자체가 충분한 의미를 가지고 있었다.

잠시 후 그녀는 말없이 그 카드를 치료자에게 건넸다. 치료자는 그것이 '안전'이라는 단어라는 것을 그제야 확인할 수 있었다.

치료자는 조심스럽게 물었다.

치료자: 이 단어를 보면 어떤 장면이 떠오르세요?

K는 이번에는 고개를 숙이지 않았다. 목소리는 여전히 작았지만, 그 작은 목소리 안에는 확고한 진심이 담겨 있었다.

K: 누가… 소리를 안 질렀으면 좋겠어요. 말할 때… 말이 끝나기도 전에 밀치지 않으면 좋겠고요. 그냥… 조용히… 내 말 끝까지 들어 주는 사람 옆에 있고 싶어요.

그 말은 치료자의 마음 깊이 울렸다. 그녀가 말한 안전은 단지 폭력 없는 상태가 아니었다. 그것은 '존재가 보장되는 관계'

에 대한 갈망이었을 것이다. 자신의 말을 끝까지 들어 주는 사람, 그 옆에서 자신이 조금도 흔들리지 않고 있을 수 있는 삶.

치료자 : K님이 생각하는 '안전한 사람 곁에 있는 삶'을 조금만 상상해 본다면, 그 삶에서 K님은 하루를 어떻게 보내고 있을까요?

K는 가만히 있다가 조용히 말했다.

K : 아침에… 너무 불안해서 머리도 안 감고 나올 때가 많은데요. 그냥… 하루에 한 번은… 머리 감고 밖에 나가 보고 싶어요.

스크립트 끝

그날 치료자와 K는 아주 조심스럽게 약속을 하나 정했다.
'아주 불안한 날엔 밖에 나가지 않아도 되지만, 머리를 감는 것만큼은 해 보자.'
치료자는 그 약속이 단순한 생활 습관의 변화가 아니라는 것을 알고 있었다. 그것은 그녀가 자신을 조금 더 돌보겠다는 선언이었고, 더 이상 무너져 내리는 삶에만 휩쓸리지 않겠다는 작지만 강한 다짐이었다.

그리고 다음 회기.

그녀는 처음으로 이렇게 말했다.

"어제… 머리 감고 마트에 다녀왔어요. 사람들 많을까 봐 무섭긴 했는데… 빨리 장 보고 나왔어요."

치료자는 그 말을 듣고 한동안 아무 말도 하지 못했다. 그저 그녀의 눈을 바라보았을 뿐이다. 그 순간, 그녀가 말한 것은 단순한 마트에 다녀온 일상이 아니었다. 그것은 자기 삶의 방향으로 내디딘 '첫걸음'이었을 것이다.

그리고 회기가 끝난 뒤, 그녀는 문을 나서며 처음으로 이렇게 말했다.

"…수고하세요."

그 목소리는 작았지만, 그날 유난히 또렷하게 치료자의 마음속에 새겨졌다. 치료자는 그 말이 '고맙습니다.'라는 뜻이었다고 믿고 싶었다. 어쩌면 그녀가 처음으로 자신에게도, 치료자에게도 수고했다고 말해 준 날이었을 것이다. 그 말은 치료자로서 받을 수 있는 가장 깊은 인사였다.

짧은 6회기의 ACT가 종결된 후에 K가 완전히 회복되었다고 보긴 어려웠다. 불면은 여전히 남아 있었고, 갑작스러운 자극에는 과각성 반응을 보였다. 문득문득 경계했고, 어떤 날은 아무 말도 하지 않고 돌아가기도 했다. 하지만 나는 확신한다. 그녀는 분명히, '고통을 없애기 위한 삶'에서 '고통을 들고 나아가는 삶'으로 방향을 틀었을 것이라고.

우리가 '그녀의 증상을 고쳤다.'라고 말하긴 어려웠지만, 치료자로서 우리가 했다고 말할 수 있는 건, 그녀 곁에 조용히 머물렀다는 것이다. 그리고 가끔 그녀가 시선을 줄 때마다, 그 시선을 기꺼이 받아내려 애썼다.

나는 여전히 그녀가 무슨 생각을 하고 있는지 잘 모른다. 그녀는 많은 것을 말하지 않았다. 내가 아는 것은 모두 그녀가 허락한 만큼의 정보와, 그녀가 흘려 준 짧은 문장 몇 개, 그리고 긴 침묵뿐이었다. 하지만 지금은 알 것도 같았다. 그 짧은 문장들 사이에 얼마나 많은 세계가 숨어 있었는지를.

그녀는 언젠가 말끝에 거의 숨이 닿을 정도의 목소리로 이렇게 말했다.

"그냥… 내가 여기 있다는 걸 아무도 몰랐으면 좋겠어요."

나는 그 말을 듣는 순간, 정신과 의사라는 이름 아래 너무 많은 말을 그녀에게 요구해 왔던 건 아닌지, 자꾸만 나의 언어로 그녀를 정리하려 했던 건 아닌지 멈춰 서서 돌아보게 되었다. 그녀는 어쩌면 말이 아니라 존재로 느껴지고 싶었던 것일지도 모른다.

· · ·

치료란 무엇일까.

나는 종종 치료가 무언가를 바꾸는 일이 아니라, 무너진 자리 옆에 조용히 앉아 있는 일이라고 생각한다. K와 나는 눈물도, 감동적인 약속도 없이 몇 주간의 시간을 공유했을 뿐이었다. 하지만 그 시간 동안 나는 알았다. 치료자는 누군가를 일으켜 세우는 사람이 아니라, 넘어져 있는 그 사람 옆에서 함께 숨 쉬는 사람이어야 한다는 것을.

"선생님, 저 이제… 조금은 괜찮아요. 진짜 많이 괜찮은 건 아닌데, 그전보다 덜 무서워요."

언젠가 이 말을 들은 순간, 나는 마음속에서 무언가가 풀리는 것을 느꼈다. 하지만 나는 그 감정을 밖으로 드러내지 않았다.

그날의 대화가 끝난 뒤 나는 한참을 자리에 앉아 있었다. 그녀가 마지막에 했던 말이 머릿속을 맴돌았다. "덜 무서워요." 그 한마디 안에는 너무 많은 의미가 숨어 있었다. 고통이 완전히 사라진 것은 아니었다. 여전히 불면이 찾아올 것이고, 갑작스러운 소리에 깜짝 놀라 몸을 움츠릴 것이다. 하지만 그럼에도 불구하고 그녀는 이제, 조금은 견딜 수 있다고 말하고 있었다.

나는 그녀가 고통을 없애려 애쓰기보다는 고통과 함께 살아가는 법을 배우기를 바란다. 그것은 여전히 쉽지 않은 길이지만, 그녀는 이미 그 길 위에 서 있었다.

ACT는 그녀에게 삶을 완전히 다시 설계해 주지 않았다. 그녀는 여전히 혼자였고, 세상은 여전히 차가웠으며, 악몽은 가끔 찾아왔다. 하지만 그럼에도 불구하고 그녀는 자신이 살아 있다는 것을 어렴풋이 알아차리는 법을 배워 가고 있었을 것이다.

숨을 들이쉬는 것. 몸의 감각에 집중하는 것. 누군가의 목소리를 들으며 그 자리에서 도망치지 않는 것. 그 모든 것은 '회복'이라는 거창한 단어보다 훨씬 더 작고, 그러나 훨씬 더 진짜인 일들이었다.

그것으로 충분하다. 그녀는 분명히 살아가고 있다. 그리고 나는 그 사실을, 그녀의 눈빛과 작은 목소리를 통해 나는 분명히 보았다.

왜 마음은 아플수록
말이 없어질까

ⓒ 박규명, 2026

초판 1쇄 발행 2026년 1월 1일

지은이   박규명
펴낸이   이기봉
편집   좋은땅 편집팀
펴낸곳   도서출판 좋은땅
주소   서울특별시 마포구 양화로12길 26 지월드빌딩 (서교동 395-7)
전화   02)374-8616~7
팩스   02)374-8614
이메일   gworldbook@naver.com
홈페이지   www.g-world.co.kr

ISBN   979-11-388-4904-3 (03810)